KB079308

그
남
자
그
여
자

그 남자
그 여자

신영호 지음

좋은땅

목차

1   새로운 만남

십 년이 흘렀다.

이성에 대하여 심하게 부끄러움을 타던 남자는 이제는 세월과 함께 단련이 되어 많이 변했다. 오히려 여자가 남자의 손끝에 닿으면 긴장하여 작은 경련이 일듯이 떠는 경우가 많아졌다. 반대로 남자는 그러한 상대의 변화를 손끝으로 느끼며 즐거워하고 만족감을 느꼈다. 모든 여자들은 저마다의 고유한 느낌을 간직한다. 그녀들만의 삶, 각자 다른 성격은 어떤 인생을 살아왔는지, 현재 얼마나 좋고 안 좋은 환경에서 행복한지 아니면 행복하지 않은지, 건강 상태가 좋은지 또는 허약하거나 병으로 인하여 몸이 안 좋은지 이러한 상태를 의사가 청진기로 진찰하며 알게 되듯이 남자의 손끝에 매달려 반응하는 모

그 남자 그 여자

든 여자의 상태를 직관으로 느껴 버리는 상태, 감이 칼날 같이 예리하게 날이 서 있는 상태, 남자는 그동안의 경험으로 그런 예리한 사람으로 변해 있었다. 그러나 절정이 지나면 시들어지는 것처럼 남자는 이러한 생활에 이제는 회의가 들기 시작했고 그렇게 아름다운 여인들의 실상들, 모르면서 살아도 될 사소한 여인들만의 작은 이기심, 그러한 부분들 중 안 좋은 경험으로 인한 이성에 대한 환멸, 그런 여러 가지 문제 때문에 남자는 아름다워야 할 여인의 모습이 추한 모습으로 비춰지는 경우가 많았다. 심지어는 여인의 모습이 가축, 짐승으로 보이기 시작할 때도 많았다. 말하는 개, 목걸이 한 돼지, 스카프 한 말의 모습 원숭이, 쥐새끼, 그렇게 비춰지는 여인들의 모습에 남자는 자괴감에 빠졌다. 그는 모든 외부 활동을 끊었다. 망가지는 마음의 이유는 수준 낮은 교제로 인한 후유증이라고 생각했기 때문이다. 남자는 칩거 생활을 시작했다. 어릴 적부터 책읽기를 좋아했던 남자는 하루 중 대부분의 시간을 책읽기로 보냈다. 철학, 인문학, 잠언 시집, 고전소설, 특히 인간 관계론과 같은 서적은 현대 사회생활을 하는 데 있어서 필수적인 요소가 많아 집중되어 읽

히곤 하였다. 고귀한 영혼들과의 책을 통한 교류, 독서 삼매경에 빠져 일 년 동안 200여 권의 책을 읽고 남자의 상처받은 영혼은 치유되어 가고 있었다. 뿐만 아니라 정신적으로도 더욱더 성장하여 인간이 인간답게 살기 위해서 어떻게 살아야 하는가 하는 화두로 생각하며 명상하는 시간이 많아졌다. 집 뒤의 북한산 자락을 걸으며 교제가 없는 운동만을 위한 운동을 해야겠다는 다짐을 하고 다시 시작해 보기로 했다.

어두움과 밝음, 여러 가지 색깔의 불빛이 교차하는 홀에는 지금도 예전과 마찬가지로 많은 사람들로 북적였다. 밖의 세상이 어떻게 돌아가든 상관없이 춤추며 돌아가는 이곳이 어떤 면에서는 가엾은 인간들에게 휴식과 평안을 줄 수도 있겠다는 생각을 하며 본능적으로 시선을 한 바퀴 돌려 본다. 남자의 나이는 40대 초반 정도로 보이며 운동으로 가슴과 팔뚝이 탄탄하고 볼륨 있어 보였다. 상의는 하늘색 라운드 반팔 티를 입었는데 근육질의 몸매를 더욱 돋보이게 했다. 하의는 통이 큰 일자 흰색 바지를 입었고 흰색 스포츠 운동화를 신었다. 남자는 180 정도 되는 훤칠한 키와 외모를 뽐내며 홀 입구에 서

그 남자 그 여자

있었다. 여자는 많이 있어도 숫자일 뿐 눈에 들어오는 이성은 항상 거의 없는 것이 현실이다. 이해하기 어려운 일이다. 아주 간혹 진흙탕에 연꽃이 피듯 동공이 확장될 정도의 아름다움을 가진 여자를 볼 수 있었지만 지금은 점점 더 개체 수가 줄어드는 현실이다. 남자는 시시껄렁한 상대와 마지못해 한두 번 발맞춤을 시도해 보고 별 볼일 없다는 듯 돌아섰다. 그때 남자의 왼쪽 방향으로 이 세상에서 단 한 번도 본 적이 없는 아름다운 용모의 한 여자가 홀 벽에 등을 대고 서 있는 모습이 보였다. 무언가 전문적으로 운동을 하는, 그런 느낌이 있는 여자였다. 스포티한 복장이 아주 잘 어울리고 노랑과 주황을 섞어 브리지를 넣은 단발 웨이브 헤어스타일은 도시적이며 시크한 아름다움이 배어져 있었다. 이곳의 흐트러지는 분위기와는 전혀 어울리지 않는 여자였지만 중요한 것은 그러한 여자가 지금 내 앞에 있다는 사실이다. 때마침 지나가는 종업원에게 행여 날아갈세라 재빠르게 신호를 보냈다. 여자는 옆에 서 있는 이상하게 생긴 남자와 무슨 이야기인지 주고받고 있었지만 다가선 종업원의 사인을 받고 나를 쳐다보고는 살짝 웃는 듯 마는 듯한 표정과 함께 허락하는 제스처로 몸이 한 발자국 앞으로 나왔다. 남자는 큰 숨을 한 번 쉬고는 여자와 함께 앞으로 나아갔다. 그녀의 손은 따뜻했다. 다정하고 온화한 느낌을 주는 체온이었으며 또한 곱고 보드라웠다. 행복한 환경에서 오랜 세월 단란하게 살아왔다는 것을 느낌으로 알았다. 남자는 여자의 고운 손을 잡으며 순간적으로 그녀가 가지고 있는 삶의 행복한 감정에 전염되는 듯했다. 두 사람은 마주 보고 섰다. 예의 바르게 서로 고개 숙여 인사하고 눈을 맞추고 음악의 리듬에 발을 맞추었다. 여자의 춤 솜씨가 훌륭하진 않지만 그 정도면 충분했다. 가까이서 보이는 여자의 눈빛은 호기심 약간, 즐거움 약간, 호감도 약간이 교차하며 반짝거렸다. 그녀의 피부는 약간 태닝한듯한 보기 좋은 구릿빛이고 얼굴은 반짝거리며 윤기가 흘렀다. 남자는 여자를 앞으로 당기며 살짝 안는 듯한 동작을 취하며 리드했다. 여자도 거부감 없이 남자 품의 사정권 안으로 미소를 띠운 채 미끄러져 들어왔다. 여자가 말했다. "이곳에 자주 오시는 분인가 봐요?" 남자는 커다란 음악 소리를 피하려 여자의 얼굴에 가까이 다가가서 대답했다. "아닙니다 운동으로 배우긴 했는데 한 일 년간

그 남자 그 여자

안 다니다가 너무 운동을 안 하는 것 같아서 다시 나왔습니다. 그쪽 분은 자주 다니시나요?" 남자는 다시 질문했다. "예, 저는 화, 목요일 규칙적으로 다니는 편이에요." 여자는 미소 지으며 대답했다. 남자가 말했다. "저도 그러면 화, 목으로 날짜를 바꾸어 다녀야 되겠습니다." 여자는 소리 내며 웃었다. "호~호~호~ 그렇게 하세요." 남자는 이렇게 약속 아닌 약속을 함으로써 그곳에 있는 그녀 외에 다른 모든 사람들은 아무 의미가 없는 상태가 되었다. 다음 주 화요일 기다리던 그날이 왔다.

남자는 깨끗하고 돋보이는 의상으로 골라 입었다. 명품 고급 패션은 아니었지만 계절은 여름이었고 남자의 몸매는 그 자체가 운동으로 다져져 있어서 아무 옷이나 입어도 명품으로 변하는 것 같았다. 반팔 라운드 티 속의 탄력 있는 가슴 근육과 팔에서 뻗어 나오는 이두 삼두 근육은 여름에 보기에 아름다웠다. 한낮이지만 뜨겁지 않은 햇빛을 온몸으로 받으며 남자는 그녀와의 장소로 향했다. 약간 들뜨고 고대하는 마음으로 건물의 엘리베이터에 올라타고 댄스홀의 입구에서 비용을 지불하고 어릴 적 극장에 들어갈 때 같이 두껍게 방음 처리된 시설의 문을 열고 안으로 들어갔다. 폭발적으로 두들겨 대는 하이스피커 음악 소리와 컴컴한 실내, 온갖 색들의 화려한 조명에 잠시 서서 적응하는 시간을 갖고 남자는 여자가 있을 법한 곳을 찾아 둘러보았다. 시간은 2시 30분 약간 이른 시간 같았지만 3시쯤이면 나타나겠지 생각하고 출입구가 잘 보이는 곳에 자리를 잡아 앉아서 기다렸다. 이때 종업원이 다가와 다른 여자 손님과의 부킹을 권했지만 남자는 기다리는 사람이 있다고 말하며 사양했다. 시간은 흘러서 잠시 후 3시가 되었다. 여자는 아직 나오지 않았다. 평소 같으면 대수롭지 않게 생각하고 다른 파트너와 운동을 하였을 텐데 남자는 그렇게 하지 못하고 여자를 기다렸다. 시간은 4시, 여자는 나오지 않았다. 잠시 후 4시 30분, 손님들이 하나둘 빠져나갈 때까지도 여자는 나오지 않았다. 두 시간 동안 우두커니 앉아서 반드시올 거라는 근거 없는 확신을 가지고 여자를 기다리던 남자는 그제서야 몸을 일으켜 자리를 빠져나왔다. 아까 부킹을 권했던 종업원이 지나가며 웃는 것 같았다.

그 남자 그 여자

2   처음입니다

그날부터 남자는 매일 그곳을 찾았다. 수요일, 목요일, 금요일 그러나 여자는 나오지 않았다. 이대로 끝나는 것인가 하는 생각이 들 때 내게 다가오는 여자가 한 명 보였다. 그녀는 얼굴에 미소를 짓고 내 곁에 앉으며 말했다. "안녕하세요? 사실은 친구가 집안에 일이 좀 생겨서 못 나왔어요 다음 주면 나올 수 있을 거라고 전해 달래요." 남자는 대답했다. "고맙습니다." 남자는 자신의 존재를 기억하는 그녀에게 자신감이 생겼다. 두 번째 다시 만나는 날 그녀는 먼저 와서 남자를 기다렸다. "어머, 화, 목만 나오신다더니 매일 나오시나 봐요. 호호호" "아닙니다 나오신다는 날에 안 나오셔서 혹시나 나오실까 하고 오다 보니 그렇게 됐습니다." 남자는 말하고 가득 찬 사람들 사이를 헤치고 여자를 홀로 리드하며 두 사람의 공간을 잡았다. 여자는 처음 만난 날보다 더욱 아름다웠다. 첫 만남은 상쾌하고 발랄하며 스포티한 분위기였지만 오늘은 세련되고 고급스러우며 모습에서 귀티가 흘렀다. 그녀의 두 손을 살며시 잡았다. 따스하고 부드러운 그녀 손의 체온이 남자 손으로 옮겨지자 남자는 울컥했다. 그리웠지만 잊고 살았던 따뜻함이기 때문이다. 리듬에 몸을 맡기고 동작을 하며 그녀의 어깨에 살며시 손을 얹었다. 어깨 선도 좁거나 지나치게 넓지 않으며 건강하였다. 무엇보다 매력적인 것은 피부 톤이다. 한국에서만 살았다는데 유럽에 살면서 태닝을 즐겨 하면 나오는 진한 구릿빛 피부를 가졌다. 거기에다 탄력 있고 반짝이며 윤이 나기까지 했다. 우리는 몇 차례 음악에 맞춰 동작을 같이했고 여자는 춤이 서로 잘 맞는다는 듯이 눈을 반짝이며 남자를 쳐다보고 미소 지었다. 잠시 후 "같이 차 마실래요?" 여자는 남자에게 말했다. "그럴까요." 남자는 대답했다. 홀의 한쪽 공간에는 차와 간단한 음료 등을 마실 수 있는 공간이 있다. 테이블은 6~7개 정도이고 방음시설 덕분에 간단한 대화도 충분히 가능했다. 두 사람은 커피를 주문하며 자리에 앉았다. "뭐 하시는 분인데 운동을 그렇게 잘하세요?" 남자가 먼저 질문을 던졌다. "호호호. 제가 잘하나요? 정말요? 제가 운동을 좋아해요. 오전에 문화센터에서 에어로빅을 하는데 벌써 십 년 넘었어요." 여자의 건강미가 어디에서 오는지 알 수가 있었다. "아, 그러시군요. 그래서 그렇게 건강하시고 에너지가 넘치시는 군요." 남자는 여자에 대하여 느낀 점을 그렇게 말했다. "호호호, 고마워요. 그런데 무슨 일 하는 분이에요? 시간이 많은가 봐요?" "네, 요즘에는 프리랜서라 시간이 좀 있습니다. 다시 바쁘게 생활할 일이 생기겠지요."라며 남자는 무언가 생각하는 듯 벽을 응시하며 대답하였다. 여자는 남자의 대답에 아랑곳하지 않고 말했다. "잠시 후에 언니하고 식사하기로 했는데 같이 가실래요?" "네, 좋습니다. 그러면 운동을 더 하다가 4시경에 나가시죠." "네, 그렇게 해요." "그런데 전화번호는 왜 안 물어보세요?" 여자는 질문에 거침이 없었다. 밝고 명랑한 성격 때문이라 생각했다. 남자는 생각하기에 조급하게 다가가기보다는 약간 친숙한 사이가 되면 자연스럽게 전화번호를 교환하게 될 것을 알았지만 그녀에게 무관심하게 비춰지지 않을까 싶어서 말했다. "그러잖아도 지금 물어보려던 참이었습니다." "호호호, 그랬어요?" 남자의 대꾸에 여자는 좋아하며 웃었다. 그렇게 두 사람은 전화번호를 교환하고 밖에서 만나기로 했다. 여름이지만 뜨겁지 않은 화창한 날이었다. 건물 밖에서 잠시 기다리니 여자 혼자 나오는 모습이 보였다. "언니는 약속이 있어서 못 간다고 두 분이 식사하러 가시래요." "차 가져오셨어요?" "아니요" 남자가 대답했다. "그러면 제 차 있는 곳으로 가서 이동하기로 해요." 여자가 말했다. 우리는 전철로 그녀의 차가 있는 주차장으로 향했다. 승용차는 아파트 단지 안에 주차되어 있었다. 남자는 혹시라도 누군가 보고 오해받을 일 없게 운전석 옆자리가 아닌 뒷좌석의 문을 열고 앉았다. 여자는 흠칫 쳐다보더니 이내 운행을 시작했다. 근처에 웬만한 식당으로 가도 될 터인데 여자는 통일로로 진입하여 능숙하고 거침없이 질주하였다. 이동하는 동안 별말이 없던 두 사람은 차가 통일로를 진입하자 말을 하기 시작하였다. "어디로 가시는 거예요?" "왜 걱정되세요? 호호" "아니 그런 건 아닌데 멀리 가시나 해서요." "조금 가면 장어 맛있게 하는 집 있어요. 친구들과

그 남자 그 여자

에어로빅 운동 끝나면 가끔 가는 곳인데 괜찮아요." 남
자도 언젠가 파주에 유명한 장어집이 있다는 얘기를 들
은 기억이 났다. "아 네. 저도 예전에 들은 기억이 있습니
다." 남자는 대답하며 창문을 열고 밖을 응시하였다. 정
말 오랜만에 드라이브로 맑은 바람을 쐬니 기분이 너무
나 상쾌했다. "호호호, 그나저나 제가 출세했네요. 이렇
게 내 차 안에 생전 처음으로 남자분을 태우고 드라이브
를 하고 정말 출세했어요. 호호호" 여자도 기분이 상당히
업 되어 있는 것 같았다. 여자의 말에 남자는 그럴 리가
있나 믿기지 않았다. "정말이셔요?" "네에, 정말이에요.
남자가 내 차에 탄 건 그쪽 분이 처음이셔요." 남자의 기
분이 좋아지기는 했지만 아직 여자의 성향을 잘 모르기
때문에 완전히 믿기지는 않았다. 특히 밤에 춤추러 다니
는 여자이기 때문에 더 믿기지 않았다. 한편으로는 그딴
게 뭐가 중요한가 첫 번째든 두 번째든 별 의미가 없다고
생각했다. 하지만 그 말이 사실이라면 남자는 행운아이
다. 왜냐하면 여자에게 남자가 처음이다라는 것은 깨끗
하게 준비된 새 도화지에 그 남자만의 새로운 그림을 그
릴 수가 있다는 것이며 밤새 내려 아무도 밟지 않은 새하

얀 눈밭을 그 남자만의 발자국을 남기며 걸을 수 있는 것이라고 생각하기 때문이다. 누군가에게 처음이라는 것, 어딘가 처음으로 가 보았다는 것, 무언가 처음으로 시도해 보았다는 것, 처음을 시도하거나 경험한다는 것은 삶을 살아가는 도중에 가슴이 뛰는 감동적인 순간이다. 잠시 후 차는 대로를 벗어나 지방 국도를 달리기 시작했다. 아직 시골 정취가 남아 있는 길가에 멀찍이 예쁘게 지은 카페 건물도 보이고 중간중간 사각형으로 볼품없이 최소한의 목적추구형 용도로만 지어진 모텔 건물도 꽤 있었다. 약간 구부러진 국도 길을 십여 분 달리니 새로 지은 커다란 창고 같은 건물이 보였다. 저곳인가 보다 생각하고 가까이 다가가 보니 시골 허허벌판 같은 곳에 덩그러니 커다란 창고 같은 건물을 지어 놓고 간판만 걸어 놓았을 뿐인데 불구하고 평일 이 시간에 주차 되어 있는 승용차들이 적지 않은 것이 그 음식점의 유명세를 느끼게 했다. 주차장은 아래 주차장과 위 주차장이 있었는데 우리는 한산한 위 주차장에 차를 주차했다. "여기가 주말에는 사람들이 표를 받아 줄 서서 기다리다 입장할 수 있을 정도로 장사가 잘되는 곳이에요." 여자는 차에서 내리며 오토락 잠기는 소리와 함께 말을 이었다. 오늘은 평일이라 그렇게 복잡하지 않아서 다행이다 싶었다.

입구에는 주인인지 종업원인지 알 수 없는 남자가 몇 사람인지 물어보며 자리를 안내했는데 가게 안은 마치 커다란 체육관 같이 높고 넓었다. 휑하니 높은 천정에 멀리 보이는 식당 끝자리까지 셀 수 없는 나무 테이블과 의자가 즐비하였고 실내 공기는 환기 시설이 돌아가는데도 불구하고 숯불에 구워지는 뿌연 장어 연기로 비린내와 메케함이 동시에 느껴졌다. 우리도 조금 한적한 창가 쪽 자리에 안내되어 자리를 잡았다. "이 집이 장어가 괜찮아요." 여자는 앉으며 말했다. "장어를 키우는 양식장과 함께 운영해서 토실하고 먹을 만해요." "아 그렇군요." 남자도 주변을 둘러보며 마주 보는 자리에 앉고는 대답했다. 듬성듬성 사람들이 숯불에다 장어를 굽고 있다. 우리 테이블에도 잠시 후 숯불과 보기 좋게 커다란 장어 한상이 차려졌다. 여자는 익숙한 솜씨로 불판에 올리고 뒤집으며 굽고 자르고 야채를 준비하고 말했다. "많이 드세요. 같이 운동해 주시느라 수고하셨는데 좋아하시는지 모르겠네요." "네, 좋아합니다." 남자는 소주를 한 병 시켰다.

오랜만에 즐거운 기분이 들며 유쾌해졌다. 연기를 피우고 먹고 마시며 회식의 기분을 즐기다가 약간 취기가 오르자 남자는 생각했다.

3 흙탕물에서 연꽃은 피어나고

'지나치지 말자. 말과 행동 이런 것들이 머릿속에서 생각나는 대로 아무 말이나 떠들거나 행동하지 말고 절제하며 표현하자.'라는 생각을 하고 있는데 여자는 명랑한 성격 탓인지 아니면 지금 이 순간 이 자리가 낯설지만 호감가는 남자와 함께 단둘이서 자기가 원하는 곳, 잘 아는 장소에서 외식하는 시간을 보내는 것이 즐거워서인지 연신 웃으며 재잘대곤 하였다. "호호호, 맛있게 드셨어요?" "네, 덕분에 잘 먹었습니다. 다음번에는 제가 대접 한번 하겠습니다." "그러세요." 다음 식사를 기약 없이 하고 돌아가는 길에도 드라이브하기 좋게 차량이 없어 차가 달리기에 좋았다. "집에 가기에는 아직 시간이 이른데 차 한잔 마시고 가실래요? 조금만 더 가면 호수공원 있는

데…." 여자가 말했다. "네, 좋습니다." "호호호, 정말 처음으로 이렇게 남자분하고 다니면서 밥 먹고 차 마시고 하는 거예요." 여자는 남자가 물어보지도 않은 말을 반복해서 하고는 했다. "네, 자꾸 말씀을 하시니 요즘 같은 세상에 귀한 분을 제가 만났나 싶네요. 같이 시간을 보내며 많은 대화도 해 보니까 이제는 그 말이 정말로 믿어집니다." 실제로 그랬다. 같이 있는 동안 여자에게서 순진하고 맑은 영혼의 기운이 느껴졌다. 남자는 그런 면이 좋았다. 남자의 믿어진다는 말에 그제서야 여자는 만족한 표정을 지었다. 수많은 여인들과 접촉을 하다 보면 여자를 만난다는 것이 굉장히 어렵고 힘들다는 사실을 깨닫게 된다. 백 명이면 백 명 전부 얼굴이 다르듯이 성격이나 교육 수준, 환경, 삶의 궤적이 다 달라서 상대방을 대하는 태도나 방법도 천차만별이기 때문이다. 삶을 살아가면서 경험한 것들을 짐작으로 알 수 있게 한다. 어려운 환경에서 힘들게 살아온 여인들의 그늘진 향기 같은 느낌은 밝고 명랑하지 않다. 반대로 부유한 환경에서 자라고 지금도 부유하지만 인성이 부족하여 인정스러움도 없고 자기애만 강하며 상대방을 배려할지도 모르는 사람일 경우는 그 상대방이 상처받고 힘들어하는 경우가 많다. 그래서 더 나쁜 남자가 되어 그 이상으로 대해 줘야 스스로의 성향을 조정할 수가 있는 경우도 있다. 그런데 지금 이 여자는 그러한 모든 경우의 수를 초월한 남자들의 이상형이라고 남자는 확신했다. '흙탕물에서 연꽃은 피어난다'라는 비유가 이 여자를 두고 하는 말이라고 생각했다. 공원은 어마어마하게 넓었다. 한 바퀴 돌아보려면 두 시간은 족히 걸릴 것 같았고 군데군데 조형물도 굉장히 심혈을 기울여 설치한 것이 느껴졌다. 우리는 분수가 있는 주변을 산책을 하고 둥그렇게 조성해 놓은 산책로 끝 벤치에 자리를 잡았다. 벤치 뒤에는 매점이 있었고 남자는 그곳에서 차와 음료를 준비해서 여자에게 권했다. "한여름 밤이면 저 앞의 분수대 앞 광장에서 음악회가 열리곤 해요." "근사하겠는데요." 남자가 대답했다. "네, 음악의 리듬에 맞춰 분수의 물줄기가 춤을 추듯이 흔들리고 회전하며 예쁜 선을 만들어 내요. 거기에다 형형색색의 불빛이 물줄기를 비춰 주면 정말 아름다운 밤이 되지요. 지금은 늦여름이라서 그런지 그런 행사가 끝났나 봐요. 내년 여름에도 우리가 같이 이곳에 올 수 있으면 그

때 같이 봐요." "네, 좋습니다. 그런데 우리 언제 다시 만
날 수 있을까요?" "운동 나가면 언제든 보겠지요. 호호호
사실 내일은 집안에 볼일이 있어서 안 되고 모레 나갈게
요." "네, 알겠습니다. 그러면 다시 연락하기로 하고 이만
들어가시죠. 오늘 정말 즐거운 저녁이었습니다." 해가 뉘
엿뉘엿 넘어가고 있었다. 여자의 집은 신도시의 북쪽 끝
부분이었고 남자의 집은 신도시가 시작되는 남쪽 끝부
분이다. 거리가 18km 정도이고 도로가 한산한 시간대에
는 20분 정도면 오거나 갈 수 있는 거리이다. 남쪽 남자
의 집은 신도시 단지 방향이 아니고 구길이다. 외곽구길
이 거의 직선으로 되어 있는 도로이다. 옛길이라서 오래
전에 형성된 데이트하기 좋은 유명한 곳도 많고 맛집도
유난히 모여 있는 구간이다. 주로 도시와 마을이 끝나는
길 중간중간 아직 전원의 자취가 남아 있는 곳 그런 곳
에는 어김없이 나들이와 휴식을 즐길 수 있는 장소가 이
어져 있었고 길을 지나가다가 마을을 만나면 여자의 집
이 있고 반대 방향 끝으로는 남자의 집이 있다. 다음 날
남자는 식당 선정에 고민했다. 아무리 맛집으로 유명하
고 음식 솜씨가 뛰어난 곳이라 하더라도 너무 허름한 집

그 남자 그 여자

은 첫 식사 초대 장소로 적당하지 않게 생각됐다. 그렇다고 너무 고급스럽고 비싼 집은 서로에게 부담이 될 것이라 생각됐다. 무겁지 않고 심플하면서 예의에 벗어나지 않는 상대방에게 약간의 감동을 자아낼 수 있는 그런 곳 남자는 그런 식당을 원했다. 남자에게는 교회를 다니는 여동생이 있는데 같은 교회를 다니는 젊은 엄마들과 모임을 가질 때 가끔 이용한다는 한식집을 추천받았다. 여자 그것도 엄마들, 그녀들이 선정하여 즐겨 찾는다는 것은 그만큼 식당의 인테리어와 요리의 맛이 그들의 감각을 충분히 만족시킨다는 뜻이다. 산책하는 길에 잠시 들러 보았는데 전철 역세권의 신흥 로데오 거리 안에 위치하고 있었다. 주로 젊은 사람들이 많이 모이는 거리인데 평소에 그 거리를 지나다니면서 식당은 많지만 마음에 드는 식당은 없다고 생각했다. 하지만 동생이 알려 준 그 집을 찾아보니 무심코 지나치면 절대 알 수 없는 어려운 곳에 자리잡고 있다. 복잡하고 휘황찬란한 조명들 사이로 길인지 아닌지 모를 짧고 막다른 골목길이 있다. 수년을 그 앞을 지나다녔고 가끔은 쳐다보며 지나기도 했지만 그 막다른 골목이 무슨 용도의 길인지 "아, 뭐지?" 하고 잠깐 생각하고 잊어버린 그런 곳이다. 남자는 막다른 골목으로 들어갔다. 식당의 대문이 작기는 했지만 한옥 대문의 통나무로 쓰던 것을 재활용하여 쓴 것이 눈에 돋보였다. 보기에 아담하고 전통적인 멋이 났다. 문을 열고 들어가니 가정집을 개조했는지 미닫이문이 있고 그 문을 열고 들어가니 왼쪽에 카운터 그리고 거실이 있는데 거실은 통로로 이용되고 있고 손님의 좌석은 각각 방으로 미닫이문을 열어야 하는 구조로 되어 있다. 각방마다 많게는 6개 적게는 2게 정도의 좌식 테이블이 있다. 남자는 좌석이 방으로 되어 있고 방마다 테이블이 적게 배치된 것이 소란스럽지 않을 것 같아 마음에 들었다. 메뉴를 살펴보고 자리를 예약한 뒤 남자는 식당을 나왔다. 다음 날 아침 남자는 평소의 규칙적인 습관대로 운동을 시작했다. 런닝머신 걷기 20분, 아침의 굳어 있는 육신을 깨운다. 걸음은 서서히 빨라지기 시작하고 잠시 후 몸이 더워지며 이마와 겨드랑이에 땀으로 살짝 젖기 시작한다. 다시 요가 매트를 깔고 누워서, 엎드려서, 앉아서, 서서 요가형 스트레칭을 한다. 스트레칭은 어릴 적 허리 부상으로 인한 보전적인 치료 요법으로 평생의 습관이 되었고

그 남자 그 여자

이 습관으로 허리 부상은 좋아졌다. 그 후 더욱 강인한 신체를 단련하기 위하여 기구 운동을 추가하였는데 특히 효과가 있어 좋아하는 운동은 '하이퍼 익스텐션'이다. 허리와 등 근육을 강화해 주는 운동 방법인데 이 운동을 열심히 하고 난 후부터는 등과 허리에 근육이 생겼다. 척추뼈를 가운데 두고 양쪽 근육 부분이 산맥처럼 솟아올라 계곡처럼 등 가운데 골이 생기는 이른바 마린보이 근육이 생긴 것이다. 온몸의 신체를 받쳐 주는 척추, 그 부분을 감싸는 근육이 강해지고 남자의 모든 체력은 좋아졌다. 어떤 일을 해도 지치지 않는 건강한 몸으로 회복됐다. 그렇게 온몸의 신체 부분을 단련하기를 3시간 온몸의 땀이 흠뻑 젖은 운동복을 벗어 내고 차가운 물로 땀을 씻어 내면 그야말로 최고의 상쾌함을 느낄 수 있다. 남자는 준비해 온 닭 가슴살 셰이크를 벌컥벌컥 마셔 버리고 그날의 운동을 마친다. 여자와 약속 시간을 정하지는 않았지만 남자는 두 시경에 집을 나섰다. 약간은 설레는 마음으로 걷기 시작했고 걷다가 생각했다. "내가 혹시 혼자 오래 지내서 나도 모르게 사람을 잘못 본 것은 아닐까? 지나치게 좋게 본 것은 아닐까?" 하는 생각이 저절로 들었다. "하여간 오늘 보면 무언가 더 느끼는 바가 있겠지." 남자는 떠오르는 잡념을 물리치고 여자와의 만남을 기대했다. 여름이지만 가을에 가까이 있는 여름이어서인지 걷기에 날씨는 좋았고 남자의 컨디션도 계절만큼이나 흥겨웠다.

4   리듬을 타고

시내 중심가에 위치한 고층 건물 4층에 위치한 클럽은 요즈음 장안의 명소로 알려져 춤을 잘 춘다는 춤꾼들이 소문으로 많이 찾아오는 곳이다. 신도시 지역에 새로 개업한 클럽이고 찾아오는 손님들의 퀄리티도 상당히 좋다고 알려져 있다. 클럽의 입구에는 예쁘장한 젊은 아가씨가 안내를 보고 있는데 이런 성인댄스 클럽에서 일하기는 어울리지 않아 보였다. 입장 시간은 2시 30분. 벌써 사람들이 홀의 절반 정도를 채우고 있다. 방음 시설로 인한 두툼한 출입구 앞에 서서 남자는 여자를 찾아보았으나 여자는 보이지 않았다. 잠깐 서서 반짝이는 회전 조명의 눈부심과 어두움에 눈이 익숙해지길 기다리다 출구가 잘 보이는 쪽에 자리를 잡고 앉아 찬찬히 홀 안을 둘러보았다. 200평 정도의 정사각형 구조에 내부는 사면의 벽을 따라 의자를 나란히 벽에 붙여 놓았다. 가운데 공간은 전부 홀로 사용되고 있고 출구에서 정면으로 보이는 벽 모퉁이에는 작은 무대가 있는데 아마 초대 가수가 나와 노래를 하거나 올겐 연주를 하는 것처럼 보였다. 그리고 간이 음식점과 카페, 화장실이 있다. 벽에 나란히 붙여 놓은 의자에 앉아 그날의 파트너와 만남을 기대하는 남자와 여자들, 미리 약속이 되어 있는 남녀들, 홀에는 여러 가지의 댄스가 커플들 사이에 음악에 맞춰 리드미컬하게 이루어지고 있다. 동시에 남자의 시선은 항상 출구를 향하여 있다. 이윽고 기다리던 그녀가 들어왔다. 시간은 세시, 동행인 듯한 여자와 같이 들어왔고 나는 일어나 그녀에게 다가가 인사를 했다. "안녕하세요." "네 안녕하세요. 일찍 나오셨나 봐요?" "아닙니다. 기다리시게 할 수는 없어서 조금 전에 왔습니다." 여자는 같이 온 일행을 소개하며 "지난번 식사하러 갈 때에 이 언니와 같이 가기로 했는데 언니가 약속이 생겼다고 해서 우리만 가게 된 거예요." "아 네. 그 언니시군요. 반갑습니다." 남자는 인사를 했다. 지난번에 남자에게 다가와 이야기를 전해 주던 여자

그 남자 그 여자

였다. 그 언니도 간단하게 인사하며 대답했다. "아 휴 내 지난번에 봤는데, 두 사람이 너무 잘 어울리세요." 남자는 웃으며 "감사합니다."라고 인사를 했다. 세 사람은 홀 옆의 작은 커피숍으로 자리를 옮겨 차를 시켰다. 커피숍에는 몇 쌍의 남녀 무리가 듬성듬성 있었는데 그들은 누가 들어오나 궁금했는지 우리를 힐끗 쳐다보곤 했다. 날씬하고 까무잡잡한 여종업원이 차를 내오면서 낯선 손님에 대한 호기심 어린 표정을 지으며 차를 내려놓고는 갔다. "이따가 운동 마치고 같이 식사하시죠. 언니분도 오늘 시간 괜찮으세요?" "네, 오늘은 괜찮아요." "그러시면 네 시 반쯤에 운동을 마치고 나가는 걸로 하겠습니다." "네, 좋아요." 세 사람은 차를 마시고 홀로 나갔다. 언니는 다른 남성 파트너와 춤을 추고 우리는 홀 기둥 옆 거울 앞에 자리를 잡고 섰다. 거울 앞에서 춤을 추면 스스로의 동작과 서로의 동작이 어떻게 표현되는지 확인할 수 있다. 좀 더 멋진 춤사위를 위하여 동작을 절제하거나 스윙이나 스타카토를 적절하게 리듬에 맞추고 파트너와의 호흡과 스텝에 맞추어 적절하게 리드하면 환상적인 커플 댄스의 매력을 뽐낼 수 있다. 여자는 남자의 리드가 어떻는가에 따라서 스스로의 동작을 잘 표현할 수도 있고 자연스럽게 리듬에 빠져들 수 있다. 그런 다음 남자는 여자 동작의 선을 파악하고 댄스를 리드한다. 여자도 남자의 리드 정도를 파악하여 두 사람의 동작이 마치 원래 하나였던 것처럼 두 사람을 둘러싸고 있는 기운이 하나의 원형으로 뭉쳐 홀을 누비고 다닐 때 두 사람은 하나의 커플로서 완벽한 케미가 연출된다. 여자의 커플 댄스는 초보자 수준을 막 벗어난 정도의 실력이라 생각되었다. 그러나 음악의 리듬을 느끼는 감각은 상당히 높은 수준의 경지에 있다. 문화센터에서 에어로빅 댄스를 십 년 이상 활동하고 있었기 때문이라고 생각했다. 에어로빅이라는 정해져 있는 형식의 동작만을 반복하여 운동하는 것이 아니고 댄스 음악방송에서 베스트에 오른 신곡의 안무를 따와서 연습하여 무대에 올리기도 하는 정도의 수준 높은 실력자이다. 그래서인지 여자의 댄스 동작에 워킹과 스윙이 박력이 있고 남자는 여자의 그 큰 동작을 아주 조금씩 잡고 끊어 주며 댄스를 이어 나가고 있다. 여자도 운동을 다니면서 여러 남자들과 댄스를 해 보았다. 개중에는 여자를 힘들게 하며 못 추는 남자, 자기 자신만을 생각하며 동

그 남자 그 여자

작을 취하여 상대 여자와 케미를 못 맞추는 남자, 너무나 춤을 잘해서 부담스러운 남자, 등등 여러 가지 유형의 남자들과 춤을 한 적이 있지만 지금 같이 동작을 하는 이 남자는 너무 잘하는 것 같지 않고 또 너무 못해서 불편하지도 않았다. 그저 자신과 비슷한 정도의 실력이라 생각했다. 춤을 시작한 처음은 남자 손의 체온이 미지근한 정도였다가 같이 운동을 하기 시작하면 시간이 지나면서 따뜻해지고, 따끈해지고, 잠시 후 손에 땀이 배이고 하는 것이 마치 자기가 그렇게 반응하게 만들었다는 생각이 들면서 그녀를 기분 좋게 만들기도 했다. 누군가가 나에게 반응하게 만든다는 것은 기분 좋은 일이다. 그리고 이 남자가 흘린 손의 땀이 내 어깨에 촉촉하게 닿을 때, 서로 땀에 젖어 있는 두 손에 남자가 힘을 주며 비벼지고 미끄러질 때의 촉감이 살며시 찌릿하고 전기가 통하며 가슴이 울컥했다. 여자는 남자의 손을 꽉 부여잡고 스윙하며 그 부끄러움을 감추려 노력하였다. 남자는 아는지 모르는지 때때로 여자와 눈을 맞추고 살며시 미소 지으며 여자의 동작과 같이 리듬을 탔다. 두 사람은 땀에 온몸이 흠뻑 젖었다. 남자도 그렇지만 여자는 마치 샤워를 한 듯이 땀이 줄줄 흘러내렸다. 특히 머리에 땀이 흠뻑 젖어서 동작할 때 머리카락이 찰랑이며 그 끝에 달려 있는 땀방울이 떨어졌고 얼굴로 흘러내린 땀은 목 아래 부분으로 떨어지며 가슴 패인 깊은 곳으로 흘러내렸다. 두 사람은 모두 상의가 흠뻑 젖어 버렸다. 여자는 개운하고 상큼 발랄하게 보였으며 땀에 젖어 흔들어 대는 여자의 모습에 남자는 이루 말할 수 없는 매력을 느꼈다. 시간은 어느덧 4시 30분을 가리키고 있다. "그만하고 나가실까요? 언니분도 기다리시는 것 같은데…" 남자는 동작을 마무리하며 여자에게 말했다. "네. 잠시 후에 밖에서 만나요." 밖에서 만난 그녀들은 언제 땀을 흘렸냐는 듯이 단정하고 맑은 모습이다. 남자는 예약한 식당으로 안내했다. 전통스러운 한옥 스타일의 대문을 열고 들어가니 아주 넓은 가정집 거실 같은 공간이 나왔는데 그곳을 개조하여 벽 쪽으로 손님방을 여러 채 만들어 놓았고 방마다 미닫이문을 설치하여 공간을 구분했다. 미닫이문을 열고 들어가보니 안에는 4인 식탁이 네 개 배치되어 있다. 마침 손님이 없는 시간이라 세 사람은 소란스럽지 않은 그들만의 식사 시간을 가질 수 있었다. "어머 이런 곳에 이런 식당이 있었어요? 너무 괜찮은 것 같아요." 아직 주문은 하지도 않고 자리에 앉으면서부터 그녀들은 만족했다. "그러게 맛집이라고 하지만 너무 지저분해 위생 상태가 불량한 집으로 갔으면 실망했을 텐데 식당 고르는 안목이 있으시다." 언니도 좋아했고 남자도 그런 그녀들의 태도에 만족했다. 메뉴는 낙지볶음을 시켰고 음식 맛은 보통이지만 하지만 그런 것들은 중요하지 않았다. 남자가 섬세하게 배려하여 선정한 곳이라는 것을 여자들은 알아주는 것 같았다. "그런데 어쩌면 두 사람이 그렇게 잘 어울리니? 홀 안에서도 두 사람이 단연코 돋보이고 운동도 제일 멋지게 잘하던데." "그래요 언니? 호호호" 여자는 싫지 않았다. 남자도 잘 어울린다는 말을 들으니 기분이 좋았다. 보통의 경우에 잘 어울린다 칭찬하며 부추기는 경우보다는 반대로 뒤에서 안 좋게 이야기하여 훼방하는 경우가 종종 있는데 이 언니분은 마치 둘 사이를 맺어 주고 싶어 하는 것처럼 그녀를 치켜세워 주며 "잘 어울린다."라는 말을 연발하니 연유가 어떠하든지 간에 남자를 도와주는 형국이 되어 남자는 말할 수 없이 고마웠다. 여자가 남자에게 호감을 가진 것은 사실이다. 그렇다고 저 남자와 애인이 되어 사귀고 싶다는 생각은 감히 하지 못했다. 왜냐하면 여자는 남편도 있고 아이들도 다 성장하기는 했지만 있었기 때문에 이제 와 한 번도 하지 않은 연애를 시도하기에는 너무 자기답지 않은 다른 세상 사람들의 이야기처럼 생각되었기 때문이다. 그런데 불구하고 언니가 자꾸만 옆에서 잘 어울린다고 하고 한번 만나 보라고까지 이야기를 하니까 "마지막으로 한 번만 그래 볼까?" 하는 생각이 안 드는 것은 아니었다. 그러나 남자는 무덤덤하니 적극적인 표현도 없고 해서 마음 편하게 운동을 같이해도 부담이 느껴지지 않는 그런 상태였던 것이다. 남자는 서두르지 않았다. 감도 익어야 떨어지지 익지도 않은 땡감 떨어뜨리려고 작대기 휘둘러봐야 가지만 부러질 것이다. 계속 만나 즐겁게 운동하고 같이 식사하고 지내다 보면 시간이 해결해 줄 것이다. 남자는 주문처럼 외웠다. 시간이 해결해 줄 것이다. 시간이 해결해 줄 것이다. 감도 익어야 떨어지지 기다리자 기다리자 남자는 그렇게 생각했고 사실 아니어도 어쩔 수 없다고 생각했다. 그 뒤로 두 사람은 아니 세 사람은 규칙적인 생활의 루틴으로 운동을 같이 다니게 되었다.

그 남자 그 여자

5   바쁘게 만드는 남자

남자는 한국의 대기업 그룹에 회사원으로 직장 생활을 했다. 과거의 경력을 바탕으로 미국계 한국지점에 스카우트를 제안을 받아 최고의 근로조건에서 높은 급여를 받으며 회사원으로서 전성기를 누리고 있었다. 그러나 영원할 줄 알았던 귀족 직장 생활이 일방적인 회사의 철수로 졸지에 나락으로 떨어지는 신세가 되었다. 물론 회사가 철수하면서 계열사인 외국계 은행에 전원 추천되었지만 그중에 절반 이상은 이직되지 못했다. 남자는 이직되지 못한 그룹에 속했다. 그 후로 점차적으로 주변이 달라지기 시작했다. 마침 글로벌 경제 상황도 악화되고 있어 국내 경제는 물론 개인의 경제도 어려워지고 있었고 결국 지친 아내는 이혼을 요구했다. 남자는 이혼하자

는 아내의 말에, 아내의 이혼 조건에 대하여 아무런 거부
감 없이 동의했고 가정법원 판사는 젊은 부부의 이혼 결
정에 관하여 상당히 안쓰러운 동정의 표정을 지으며 재
고하라는 말과 함께 판결했다. 아내는 이혼 판결을 받고
바로 확정신고를 했다. 처음에는 잘 느끼지 못했지만 '이
혼'이라는 것이 세월이 지나며 더욱더 색이 짙어지고 마
음에 멍울도 점점 커지는 것을 남자는 알았다. 남자는 본
능적으로 즐겁게 살아야 한다고 생각했다. 피동적이지
만 싱글 남이 되었고 불행 중 다행으로 개인적인 재무 상
태에 마이너스는 없었다. 고향은 서울이고 거주는 서울
서 홀로 사시는 엄마와 같이 살기로 하면서 기본적인 것
은 해결되었다. 아들이 엄마를 모시고 사는 것인지 엄마
가 나이 먹은 아들을 데리고 사는 것인지 명확하진 않았
지만 뿔뿔이 흩어져 사는 형제들은 형님이 또는 오빠가
연로하신 엄마와 같이 산다는 것을 알고 다행이라 생각
했다. 혼자 살고 있는 엄마에 대한 걱정과 염려가 줄어들
었기 때문이다. 지금부터 남자는 스스로만을 생각하며
살아도 되는 자유로운 인간이 되었고 실제로 그런 삶을
살아가는 데 만족하고 있었다. 남자의 방은 베란다 쪽으

로 향하는 창문이 있고 미닫이 방문에서 정면으로 마주 보이는 곳에 조금 넓은 싱글 침대가 놓였고 창문 아래로 책상과 그 옆에 높은 책장이 그리고 그 뒤로 옷을 거는 2단 행거가 있다. 침대 머리맡에서 보이는 벽면에는 이혼 후 처음으로 사귀었던 여인이 선물한 노란 해바라기 그림이 액자에 걸려 있다. "이렇게 밝은 그림이 집에 있으면 좋은 일이 많이 생긴다고 해요. 잘 보이는 곳에 걸어 두세요." 그녀가 나에게 속삭인 수많은 말들 중에 저 해바라기 그림 덕분에 기억하는 말이다. 남자는 "저 그림도 치워 버려야 하는데."라고 종종 생각하면서 선뜻 실행하지 못하고 있다. "그림이 무슨 잘못이 있나." "누가 주었던 저렇게 밝은 그림이 필요하기는 하지." 하며 곧 다른 관심사로 생각을 전환하고는 한다. 그녀를 통해서 남자는 세상의 여자에 대하여 새로운 눈을 뜨게 된다. 별 재미없던 특정한 여자와의 관계가 그녀와의 교제로 인하여 너무나 새롭고, 아름답고, 즐거우며 때로는 가슴 두근거리는 잊어버렸던 감정, 아니 어쩌면 처음부터 알지 못했을 수도 있었던 그런 기쁜 감정의 홍수를 느끼고 배우게 되었던 것이다. 책장에는 많은 책들이 꽂혀 있었다. 금융

투자 관련 서적 수십 권, 인간관계론, 심리학, 페미니스트 관련 서적 수십 권, 국문학, 영문학 관련 서적 수십 권, 고전 기행 문학, 역사, 철학 서적 수십 권, 소설, 수필 등 수십 권 여러 분야의 책들이 남자의 관심사를 알 수 있게 했다.

그 남자를 만나기 전 여자의 하루 일정은 정해진 루틴이 있었다. 아침에 식구들 챙겨서 내보내고 본인도 체육관으로 출근하고 점심은 체육관 회원들과 같이 먹고 차 마시고 그런 후에 집에 들어가서 필요한 가사일을 보면 일정이 끝나는 바쁘지 않은 보통의 일상사였다. 그러나 지금은 정신이 없을 정도로 바쁘다. 왜냐하면 예기치 않은, 마치 교통사고를 당한 듯한, 그러나 마음 깊숙한 곳에 혹시 바라고 있었는지도 모르는 매력적인 연하남과의 만남이 그녀 인생에 사고 난 것처럼 쳐들어왔기 때문이다. 그 남자를 거부해야 한다는 마음속의 외침도 있지만 거절할 명분이 없었다. 그동안 살아오면서 뭇 남성들에게 여러 가지 방식으로 구애를 받은 경험이 있기는 했지만 모두 거절한 그녀였다. 그것은 가정이 있는 여자로서 당연한 것으로 생각하기도 했고 뭇 남성들의 무차별

적이고 저돌적인 감정의 표현에 여자는 움츠러들 수밖에 없었다. 사회경제적으로 썩 괜찮은 남자가 왜 없었겠는가 그런 식의 남성상은 사실 지금의 남편처럼 훌륭한 조건의 남자도 없을 것이다. 만약 그녀도 알지 못하는 깊은 심중의 한 부분에 아주 조금이라도 뜨거운 욕망의 피가 흘러 주체가 안 되어 원하는 것이 있다고 가정한다면 그것은 남편과 같이 사회적 위치 경제적 풍요 이런 것과는 전혀 상관없는 다른 차원의 매력적인 모습이어야 할 것이다. 또한 내가 다가갈 수 있는 여지가 있는 존재이어야 한다고 생각했다. 그런데 지금 그녀를 이렇게 바쁘게 만드는 이 남자는 그녀에게 저돌적으로 들이밀지도 않고 많은 말을 떠벌리면서 수다스럽지도 않았다. 그저 잔잔히 배려하며 행동하고 말하는 것이 여자에게 느껴지게 하는 정도일 뿐인데 그 남자에 대하여 생각하는 시간이 점점 많아지고 만나러 가는 날은 조금이라도 더 예쁜 모습으로 보이고 싶어 신경을 쓰는 상태가 되었다.

　여자는 집안의 모든 가사일을 이른 아침에 싹 해치우고 식구들에게는 체육관 회원들과 저녁까지 먹고 들어올 것이라 거짓말까지 하며 그를 만날 생각에 들뜬 마음으로 집을 나선다. 남자도 그녀를 만나기 위하여 오전의 운동을 마치고 약속 장소로 향했다. 지난밤 잠자리에 누웠을 때 전신에서 땀을 흘리며 흔들어 대는 여인의 모습이 눈에 아른거리며 정신을 어지럽혔다. 몸을 흔들 때마다 찰랑이는 머리칼에서 떨어지는 그녀의 땀방울이 남자의 손등에 떨어지고 있다. 땀을 많이 흘려서 그런지 냄새는 없었고 오히려 깨끗하고 상큼하기만 하였다. 이어서 그녀의 성스러운 땀방울은 남자의 얼굴에 가슴에 방울방울 떨어지더니 잠시 후 비 오듯 떨어지기 시작하였다. 남자는 그녀가 흘린 땀에 온몸이 젖어 미끈거렸고 여자는 남자의 배를 깔고 앉아서 미친듯이 궁뎅이를 흔들어 대고 있었다. 여자는 미쳐 있었다. 깜깜한 밤이었지만 창문으로 들어오는 얇은 달빛에 그녀의 벗은 몸은 전신이 땀으로 번질거렸고 위아래로 움직일 때마다 젖가슴이 반짝이며 출렁거렸다. 남자는 적당한 간격으로 하체에 힘을 줬고 그때마다 여자는 미쳐 소리 질렀다. 그녀의 헝클어진 머리칼에서 땀방울이 흩어져 남자 얼굴에 뿌려졌다. 두 사람은 땀범벅으로 뒹굴었다. 남자는 두 눈을 질끈 감았다. 잠을 청하지만 머릿속에 떠오른 상상은 쉽게 사라지

그 남자 그 여자

지 않았다. 해가 창창한 오후의 시작. 집을 나서는 남자의 눈에 선물가게가 보였다. 지난번 그녀와의 만남 때 땀을 워낙 많이 흘리는 것이 떠올라서 땀수건을 준비했다. 얇은 여름바지 호주머니에 구겨 넣고 남자는 길을 재촉했다. 홀에서 만난 그녀는 너무 아름다웠다. 여학생처럼 표정은 생기발랄했고 다리에 착 달라붙는 스키니 청바지는 늘씬한 하체에 잘 어울렸다. 키가 그렇게 크지 않았지만 한국인 체형답지 않게 상체에 비해 하체가 길고 다리사이도 벌어지지 않아 '하늘이 주신 선물'이라 할 수 있을 정도로 아름다운 비율의 몸매를 타고났다. 남자는 그녀를 만날수록 흔하게 볼 수 없는 여인의 아름다움과 그런 여인의 파트너로서 함께 한다는 것을 행운이라고 생각했다. 두 사람은 춤 추기 시작했다. 여자의 스텝과 팔의 스윙은 지치지 않는 에너자이저처럼 활기가 넘쳤다. 그렇게 춤을 추기 시작한 지 30분 정도 지났을 때 여자는 맑은 땀을 흘리기 시작했다. 남자의 스킨십 하는 댄스 동작에 그녀의 머리를 타고 뺨과 목으로 흘러내리는 땀은 남자의 손을 촉촉하게 젖게 했고 가슴에서 발산하는 후끈한 열기는 남자의 가슴에 후끈하게 전달되었다. 여자는 부끄러운 듯 미소를 지으며 말했다. "오전에 에어로빅에서 땀을 많이 흘리고 샤워를 해서 깨끗할 거예요." "아 그렇군요. 저는 괜찮습니다. 오히려 좋은데요. 하하하" 정말로 그랬다. 남자는 땀을 많이 흘리는 그녀가 더욱 매력적으로 보이고 건강미가 느껴졌다. 남자는 그녀의 목덜미에 흐르는 땀을 장난스럽게 손으로 훔쳐 냈고 여자는 낯선 남자의 손길이 예민한 곳을 스쳐 지날 때 오금이 저리는 찌릿함을 감추려 몸을 움츠렸다. 그리고 남자는 생각난 듯이 바지 주머니에 준비한 땀수건을 여자에게 건넸다. 여자는 순간 이런 것까지 챙겨 주는 세심함에 놀라운 듯한 표정이 스쳐 지나갔고 이어서 수건을 받아 들고는 얼굴과 목덜미에 흐르는 땀을 닦으며 남자의 손을 꼭 부여잡고 더욱 격렬하게 몸을 흔들었다. 남자는 리듬에 맞추어 여자를 살며시 품 안으로 끌어당겼다. 가슴은 밀착되었고 팔은 서로를 안고 있었으며 두 사람은 음악과 함께 둥둥둥 떠 있기만 하였다. 아무런 말을 하지 않아도 특별한 동작을 취하지 않아도 두 사람의 호흡과 미세한 떨림만으로 그들은 서로를 느끼고 에로틱한 감정을 공유할 수 있었다. 참으로 오랜만에 느껴 보는 감정이었다.

그 남자 그 여자

6 남자의 고백

    어릴 적 남편과 애틋했던 연애 시절의 감정이 수십 년 만에 지금의 이 남자와 재현되고 있다는 것이 여자로서 이해되지 않았지만 여자는 깊이 생각하지 않았다. "아이 몰라 될 대로 되라지." 지금 이 느낌, 내가 살아 있다는 것을 증명하는 듯한 이 느낌을 놓치고 싶지 않았다. 남자의 부드러운 접촉과 때로는 강한 접촉의 스킨십이 음악에 맞춰 연속되고 여자는 어느새 가랑이 사이로 샘물이 터지며 다리가 후들거리기 시작했다. 여자는 자기도 모르게 남자의 몸에 체중을 실었고 남자의 몸에 기대어 중심을 지탱해 나갈 수 있었다. 그런 여자의 상태를 남자는 자연스럽고 친절하게 잘 받아 주었다. "우리 식사하러 가요." 여자가 말했다. "오늘은 차를 가지고 왔으니까 지하

주차장으로 내려가요. 제가 체육관 엄마들과 모임 할 때 가는 레스토랑인데 음식이 너무 좋아요. 제가 맛있는 것 사 드리고 싶어요." 여자는 화장실에 가서 흘린 땀을 정리하였다. 얼굴과 가슴 목을 수건으로 닦아 내고 흠뻑 젖어 버린 가랑이 사이도 닦아 내며 커다란 쾌감 후의 상쾌함을 느꼈다. 남자는 주차장에서 그녀를 기다리고 있었다. 여자는 능숙한 운전 솜씨로 신도시 외곽의 장소로 차를 몰았고 잠시 후 목적지에 도착하였다. 레스토랑은 유럽식 인테리어로 지어져 있었고 실내 분위기도 여성들이 좋아할 만한 화사한 꽃 정원 같은 분위기였다. 우리는 자리에 앉았고 요리는 코스로 주문했다. 예전에 회사원 시절 거래처에서 접대한다고 하여 부서원들 전체가 고급 레스토랑에 초대받아 코스요리를 먹어 본 기억이 났다. 물론 그 후에도 코스로 나오는 음식점을 여러 번 가 보기는 했지만 일상은 아니었기에 오랜만의 코스요리에 기분이 좋아졌다. 그들은 식사를 마치고 다시 승용차에 올라타며 남자가 말했다. "오늘은 저녁을 같이 먹느라고 시간이 늦었으니 제가 집 앞까지 바래다드릴게요. 저는 아무 시간에나 집에 가도 되지만 그쪽 분은 될 수 있으면 다른

그 남자 그 여자

가족분들보다는 일찍 들어가서 가사에 흐트러짐이 없어야 한다고 생각합니다. 그동안 열심히 가족을 위해서 살다가 이제서야 한숨 쉴 참이 생기면서 자기 자신을 돌아볼 수 있는 시간이 생긴 것인데 오랫동안 잘 지내시려면 집에 늦게 들어가는 것은 될 수 있으면 피하시고 제가 요즘에는 낮에 시간이 충분하니 오전에는 전처럼 각자의 시간을 갖고 오후에 저랑 운동도 다니면서 같이 시간을 보내는 것이 좋을 것 같습니다. 저도 특별히 볼일이 있지 않으면 매일 같이 지내고 싶습니다. 그리고 사시는 집 바로 앞의 정류장에 순환버스가 다행히도 저의 집 바로 앞에서 정차하는 정류장도 있으니 참 다행이라고 생각합니다." 여자는 남자의 말에 어느 정도 수긍을 하였다. 다음 날도 두 사람은 만났다. 여자는 항상 언니와 동행했다. 서로가 서로에게 동의할 수 있는 알리바이가 있었다. 동생은 언니와 함께 있었다고 하면 되었고 언니는 동생과 함께 있었다고 하면 되었다. 그것은 사실이었고 식구들은 그 이상의 질문은 하지 않았다. 그냥 믿어지는 관계가 기존에 형성되어 있었다. 다음 날 남자는 여자에게 작은 선인장 화분을 선물하였다. "절 보듯이 잘 보이는 곳에 두고 잘 키워 주세요. 집 안에 저를 생각하게 하는 무언가 있으면 좋을 것 같아 준비했어요." 며칠 동안에 두 사람의 커플 댄스 실력은 눈부시게 향상되었다. 각자가 잘 안 되거나 다른 사람들은 하지 않는 잘 어려운 동작도 두 사람이 합을 맞춰 동작을 같이하니 춤 솜씨가 일취월장한 것이다. 홀 안의 많은 사람들은 두 사람의 아름다운 커플 댄스의 동작에 놀라고 부러운 시선으로 쳐다보았다. 두 사람은 홀 안에서 최고로 멋지게 돋보였다. 남자에게 그녀는 점점 더 특별하게 느껴지기 시작했다. 그녀의 육체에서 풍겨 나는 건강한 아름다움과 표정에서 풍기는 철없어 보일 정도의 순수함, 그러면서도 그러한 자기의 모습을 극복해 보려는 듯한 의지의 표현 같은 것을 굳이 설명하지 않아도 남자는 알 수 있었다. 남자는 그런 면이 좋았다. 세월의 때가 비껴 나간 것 같은 깨끗함, 남자는 그러한 유형의 여자를 처음 만났다. 그리고 처음으로 '좋아한다'라는 말을 여자에게 하고 싶다는 생각이 들었다. 좋아한다는 말을 고백함으로써 혹시 나에게서 벗어나고자 하는 마음이 조금이라도 있었다면 그러한 마음을 미연에 차단할 수도 있을 거라 생각했다. 그녀에게

그 남자 그 여자

고백을 해야지 하고 결심을 굳히자 남자의 가슴은 두근 거리기 시작했다. 40대의 남자가 만나는 여자에게 당신을 좋아한다 정식으로 사귀고 싶다 나의 마음을 받아 달라며 프로포즈 하는 것은 아마도 남자의 기억에 처음 있는 일 같았다. 예전에 결혼을 했을 때도, 그 뒤로 누군가를 만나서 사귈 때도 프로포즈 같은 것은 없었다. 그냥 자연스럽게 관계가 형성되었고 또한 자연스럽게 묵시적인 합의하에 관계가 무너져 내렸었다. 그런데 지금 이 여자에게는 고백이라는 사랑의 과정을 취하고 싶은 것이다. 한참의 운동으로 두 사람은 땀에 흠뻑 젖었다. "차 한 잔 마시고 잠시 쉬었다 하시죠." 남자가 말했고 두 사람은 홀 옆에 있는 카페로 들어갔다. 한창 피크타임이어서인지 작은 까페 안에는 사람들이 약간 북적거렸다. 두 사람은 땀을 식히며 차를 주문하고 마주 보고 앉았다. 여자는 눈을 반짝이며 남자를 쳐다보았다. 남자는 생각했다. 고백하기에 장소가 적당하지는 않지만 지금 고백해야 한다. 가슴속의 이 말을 잠시라도 더 담고 있는다면 아마 심장이 터져 버릴지도 모른다. 남자는 평소에 더듬지도 않는 말을 더듬기까지 하며 말을 뱉어 내기 시작했다.

"잠깐… 하고 싶은 말이 있습니다." "네." 여자는 눈을 동그랗게 뜨며 남자를 쳐다보았다. 카페는 사람들의 말소리와 밖의 홀에서 들리는 음악 소리가 뒤섞여 와자지껄 소란스러웠다. 잠시 숨을 멈추다 남자는 말하기 시작했다. "사실은 제가 그동안 당신을 만나오면서 생각을 했습니다. 처음에는 이렇게까지 될 것이라고 생각 못 했지만 시간이 지날수록 당신이 좋아집니다. 같이 운동하고 같이 식사하고 같이 대화하며 정식으로 당신과 사귀고 싶습니다." 주변의 많은 사람들은 각자의 테이블에서 저마다의 대화를 나누느라 소란스러워 남자가 그녀에게 하는 말 "좋아합니다. 정식으로 사귀고 싶습니다."라는 고백의 말을 아무도 관심 있게 듣지 않았다. 물론 들리지도 않았을 것이다. 다만 바로 옆 테이블의 남녀 한 쌍만이 우리를 힐끗 잠시 쳐다볼 뿐 이내 관심을 거두고 자기네들의 이야기로 돌아갔다. 여자는 남자가 기대했던 어떠한 대답도 하지 않은 채 대신 당황한 듯 얼버무린 어색한 미소를 지으며 "우리 밥이나 먹으러 나가요." 하고 일어났다. 하지만 좋아하는 것처럼 보이기는 했다. 두 사람은 별 다른 이야기 없이 식사를 마치고 그녀의 집 방향으로 차를

그 남자 그 여자

몰았다. 중간에 남자의 집 앞에 내려 준다고 여자가 얘기를 했으나 남자는 거절하였다. 남자는 그녀의 집에 가는 시간 동안 잠시나마 차에서 같이 있고 싶었다. 그녀의 집 앞에는 남자의 집으로 돌아오는 순환버스가 수시로 다니고 있었기 때문에 큰 불편함은 없었다. 그리고 그렇게 하루를 마치는 것이 두 사람에게 전부 만족감을 주었다. 남자는 운전하는 여자의 손에 자신의 손을 살며시 얹어 놓았다. 부드러운 여자의 손등은 거절함 없이 이내 손을 뒤집으며 남자의 손을 꼭 붙잡았다. 남자의 가슴이 뭉클하였다. 감정이 공유된다는 느낌이 좁은 차 안의 공간이어서 더욱 진하게 느껴졌다. 두 사람은 서로의 손을 간절하게 서로 비비고 쓰다듬고 주무르며 그녀의 집 방향으로 달렸다. 운동하며 계속 붙잡고 있던 손이었는데도 그때와는 다르게 애틋하며 에로틱하게 느껴졌다. 잠시 후 차는 그녀의 아파트 단지 앞에 도착했고 남자도 인사를 하며 돌아가려고 하였다. 그런데 여자가 "저기… 뒷산에 작은 공원이 있는데 잠시 들렀다 가실래요?" 하고 말했다. 남자는 조금 늦은 시간이라고 생각했지만 여자의 의외의 제안에 좋다고 대답했다. 해는 벌써 어둑어둑해지기 시작했다. 공원은 바로 아파트 단지 뒤에 낮은 산기슭에 있었고 인적은 없었다. 두 사람은 차에서 내리지 않은 채 낮은 수은등 아래 주차를 했다. 자동차의 시동을 끄고 차창을 약간 열어 시원한 산 공기를 차내에 들였다. 차안은 일순간 적막해졌다. 밖은 벌써 깜깜해져 있었고 대시보드에는 수은등 불빛이 살며시 내려앉아 두 사람을 은은히 비춰 주고 있었다. 여자는 말하기 시작했다.

그 남자 그 여자

7   수은등 불빛 아래에서

"낮에 저에게 그렇게 좋은 감정을 가지고 있다고 말씀을 해 주셔서 정말 고맙게 생각했어요. 하지만 저는 그쪽 분보다 나이도 많고 유부녀이기까지 해서 그쪽 분에게 미안하다는 생각이 들어요. 기왕이면 젊고 예쁜 여자를 만나야 되지 않을까요? 그래서 지금처럼 이렇게 운동을 같이하는 것은 좋은데 애인으로 사귀는 것은… 그쪽 분이 싫어서 그런 것은 아니고요." 남자는 여자의 말을 듣고 그녀의 입장에서는 그럴 수 있겠다 싶어 일부 인정했지만 그런 것이 거절의 사유가 될 수는 없는 것이라 생각했다. 남자도 여자에게 말을 시작했다. 말투는 부드러웠고 약간 설득하는 듯한 어조였다. "제가 말씀드린 것은 지금 당장 우리가 애인이 되자는 것은 아니었습니다. 그냥 나의 그러한 마음을 이야기하지 않으면 혹시나 다른 곳으로 가 버리지는 않을까 하는 걱정이 되기도 하고 일단 내 마음을 이야기하면 다른 곳으로 가 버리지는 않을 것 같아서 말을 한 것입니다. 그리고 나이는 저도 사십대의 적지 않은 나이이고 저보다 사 년 연상이신 것으로 알고 있는데 그 정도 나이 차이면 오히려 동갑내기의 또래 남자나 여자보다는 훨씬 합이 잘 맞는 커플이 실제로 많이 있습니다. 주변에도 아는 분들 중에 그와 같은 커플이 있을 것입니다. 아니 사 년이 아니고 팔 년 심지어는 십 년 이상 차이 나는 커플도 주변에서 종종 볼 수 있는 것이 사실입니다. 그리고 아직 상당히 젊고 예쁘십니다. 제가 듣기 좋은 말을 하는 것이 아니고 실제로 주변에서 그런 얘기 많이 들으실 것이라 생각됩니다. 우리가 홀에 나가 춤을 출 때도 우리처럼 잘 어울리는 커플은 찾아볼 수가 없을 정도였습니다. 그렇지 않습니까?" 여자는 고개를 끄덕이며 수긍했다. "우리는 같이 운동하며 아주 멋지고 아름다운 커플이 될 수 있습니다. 저는 그러한 짝꿍이 되기로 약속하자 하는 의미가 깊었습니다. 우리 같은 나이에 유부녀 유부남이 아닌 사람이 어디 있습니까? 지금 나이에 싱글로 있다면 그러고 있는 사람에게 문제가 있는 것이지. 문제는 저에게 있는 것이지 그쪽은 지극히 당연한 것입니다. 유부녀라고 해서 춤추러 갈 수 없고 남자친구 있으면 안 된다 하는 법이 있는 것은 아니잖습니까?" 남자는 열띤 어조로 말했다. 남자는 이야기하면서 설득한다는 것은 불가능하다는 것을 알고 있었다. 다만 여자에게 우리가 같이하는 행동에 대한 합리성 같은 것을 이야기한다고 생각했다. 그러한 합리성의 판단과 결정은 여자가 할 것이었고 그것은 그녀에게 정당성을 부여하고 심리적인 안정감을 안겨 줄 것이었다. 모든 것은 이미 그렇게 흐르고 있었지만 남자는 그녀의 머릿속에 확실한 이미지가 심어져 그녀 스스로에게 불안한 마음의 한점조차도 남아 있지 않기를 바랐다. 남자는 다시 말을 이었다. "제가 당신에게 애인으로서 섹스를 요구하거나 지나칠 정도의 어떠한 요구 사항도 없을 것입니다. 다만 지금과 같이 서로에게 짝꿍으로서 좋은 시간을 함께해 주시면 되는 겁니다." 남자는 여자에게 아주 작은 부담도 주고 싶지 않았다. 영원하지는 않겠지만 지금같이 지내는 것도 나쁘지 않다고 생각했다. "아시겠습니까? 그렇게 할 수 있겠지요?" 여자는 잠시 생각을 하다가 고개를 끄덕이며 대답했다. "네." 두 사람은 어두운 차 안에서 얼굴을 마주 보며 소리 내어 웃었다. 밤은 상당히 깊어져 있었고 남자는 여자가 너무 늦게 들어가는 것 아닌가 싶어 걱정을 했다. 하지만 오늘 여자의 남편은 지방 출장이라 들어오지 않는다고 연락이 왔다고 한다. 성장한 아이들에게는 엄마들 모임이 있어서 늦을 것이라고 얘기했으니 걱정하지 않아도 된다고 했다. 어두운 수은등 불빛 아래 공원의 숲을 이루는 나무들은 미풍에 흔들리며 잎새 부딪히는 소리를 내고 있었다. 열띤 어조의 대화는 그렇게 종결되고 두 사람의 사이는 다시 잠깐의 적막이 흘렀다. 남자는 그녀의 손을 잡았고 그녀는 남자의 잡은 손을 어루만졌다. 남자는 여자의 눈을 쳐다보았다. 어두운 차 안 좁은 운전석에 갇힌 듯이 앉아 있는 그녀의 모습은 남자에게 우리에 갇힌 사냥감처럼 욕구가 치밀어 오르게 했다. 또한 그녀는 너무나 아름다웠다. 두 사람은 스무살 처녀 총각 같았다. 남자는 그녀의 입술을 덮쳤다. 여자는 흠칫했지만 거부하거나 피하지는 않았다. 축축한 그녀의 입술에 닿는 첫 느낌은 낯설고 서먹하였다. 남자는 그녀의 윗입술을 자기의 입술 안으로 빨아 당겼다. 그녀의 입술이 미끄러지듯 남자에게 빨려 들어왔고 남자는 그녀의 입술을 탐하기 시작했다. 이어서 그녀에게서 나는 향긋함이 감미로운 전율과 함께 남자를 스쳐 지나갔다. 남자의 아랫입술도 여자의 입술 안으로 빨려 들어갔다. 낯선 키스의 어색함과 서먹함은 이내 사라지고 두 사람은 서로의 입술을 한참 동안 탐했고 이어서 여자는 신음을 토하며 시트로 쓰러졌다. 그렇게 두 사람의 여름은 지나가고 가을이 시작되었다. 그 후로 두 사람은 매일 만났다. 서로가 특별하게 볼일이 있는 날을 제외하고는 같이 운동하고 같이 식사하고 같이 집 앞에 배웅하고 그리고 남자는 돌아오는 것으로 하루 일과가 마무리되었다. 여자는 거실 소파에 앉아 커피를 마시고 있었다. 남편은 오늘도 출장이라 집에 들어오지 못한다고 했고 아이들은 약속이 있어서 다들 저녁을 먹고 온다고 연락이 왔다. 집에 식구들이 왁자지껄 떠들 때에는 다른 것에 신경 쓸 겨를이 없이 지나가는데 이렇게 혼자 있는 밤이면 무조건 그 남자가 생각이 난다. 그 사람을 만나면 항상 즐거워졌고 남자 또한 그럴 것 이라 생각했다. 운동도 좋지만 그 사람과 대화를 하고 있으면 정신 속에서 현실의 나와는 다른 또 다른 내가 등장하고 다른 세상에 있는 듯한 느낌을 받게 된다. 남자는 환상적인 세계로 자신을 안내하고는 한다. 그날 저녁 집 앞 공원에서 첫 키스를 한 이후로 남자는 그 이상의 시도를 하지는 않고 있다. 약속을 지키는 것인지는 모르지만 어떤 면에서 조금은 섭섭한 기분이 드는 것 같기도 했다. 너무 빠르게 들이대는 것도 문제지만 너무 더디게 진도가 없는 것도 답답한 것 같기만 하였다. 그런데 며칠 전 남자는 여행을 같이 가자고 한다. 그것도 신혼여행이라는 명목으로 여행을 가고 싶다고 하였다. 둘 사이에 직접적인 성관계는 그동안 한번도 없었지만 그 이상의 관계를 유지하고 있다고 생각했다. 남자는 말했다. "육체적인 관계는 하나의 형식에 불과합니다. 당신과 나는 이미 마음으로 서로를 허락한 지 한참 되었고 함부로 욕구를 해소하는 사람들처럼 뒷골목의 어두운 모텔 같은 곳에서 첫날밤을 보내게 하고 싶지는 않습니다. 밖에서는 이미 우리 사이가 공공연히 커플로 인식되어 있으니 신혼여행이라는 추억에 남을 만한 과정을 거쳐 마음에 담고 싶습니다. 마침 계절도 선선한 가을

그 남자 그 여자

바람 불어오니 스케줄을 만들어 보기 바랍니다. 나는 자유로운 몸이라 언제든 괜찮습니다. 내 일정은 생각하지 않아도 되니 날짜를 잡으면 미리 알려만 주면 됩니다. 2박 3일이나 3박 4일도 좋습니다. 바다가 보이는 테라스가 있는 펜션에서 둘만의 시간을 보내기도 하고 멋진 해안길의 풍경을 감상하며 드라이브도 즐기고 신선한 해산물로 식사도 하며 우리 사랑의 결실을 맺어 봅시다." 여자는 이야기를 들으면서 바다가 보이는 펜션, 해안길 드라이브, 싱싱한 해산물, 그리고 그 남자와의 첫날밤을 상상하였다. "아~ 생각만 해도 너무 좋다. 하지만…" 여자는 "생각해 볼게요." 하고 짧게 대답했다. 남자가 제안을 했다. 막연히 기다리기도 했지만 막상 밀고 들어오는 남자의 제안을 받으니 어찌해야 하나 고민이 되기 시작했다. 그렇다고 거절할 수는 없었다. 여자의 마음에 벌써부터 남자의 방이 들어섰기 때문이다. 여자는 남자에게 전화를 걸었다.

8   신혼여행

시간은 밤 10시 남자는 24시간 연락이 가능한 사람이다. 그런 면도 좋았다. 핸드폰의 신호음이 울리고 남자의 숨 가쁜 목소리가 수화기 너머로 들려왔다. "여보세요." 낮에만 만나다 밤에 그의 목소리를 들으니 너무 좋았다. "자기야 뭐 해?" "어 일하고 있어. 늦은 시간에 웬일로 전화를 하셨을까." 남자는 웃음기 있는 목소리로 말했다. 남자는 밤 시간대에 근무하는 자영업을 하고 있었다. "어 그냥 잠도 안 오고 남편은 지방 출장이라 오늘 안 들어오고 아이들은 각자들 약속이 있다고 아직 안 들어와서 혼자 자기 생각하다가 보고 싶어 전화라도 해 봤어요. 목소리라도 듣고 싶어서…." 남자가 이어서 말했다. "그러면 만날까? 일을 빨리 마무리 짓고 새벽 1시면 자기 집 근처

그 남자 그 여자

에 도착할 수 있는데 잠 안 자고 기다릴 수 있겠어?" 남자의 즉흥적인 말이었지만 그녀는 재미있겠다는 생각만 들었다. "응." 여자는 대답해 버렸다. "집 앞 사거리에 도착하면 전화해요. 제가 차 가지고 나갈게요." 남자는 평소와는 다르게 서둘러서 일을 마치고 그녀의 집 앞 사거리로 향하였다. 전혀 예상하지 못한 심야의 데이트 약속에 가슴이 설레며 기분이 좋아졌다. 그녀의 집 앞에 도착했을 때 시간은 새벽 1시를 가리키고 있었다. 남자는 그녀에게 전화를 걸었다. 신호음이 한참 울리고 나서야 여자는 전화를 받았다. "기다리다 잠깐 잠들었나 봐요. 도착했어요? 금방 나갈게요. 잠시만 계세요." 새벽 풍경의 교차로 사거리에는 띄엄띄엄 질주하는 자동차 라이트의 불빛과 옅게 내려앉은 새벽 안개를 밝혀 주는 가로등 불빛만이 거리를 비추고 있었다. 항상 보는 새벽 거리임에도 그녀와의 만남을 기다리며 사거리 한 귀퉁이에 서 있는 남자에게는 이국적인 풍경으로 느껴지곤 하였다. 지금 이 순간의 행위가 그동안 살아온 삶에서 처음 경험하는 일이라서 그런지 오감의 느낌이 생생하였고 새벽 시원한 공기에 온 피부의 감각은 살아서 번쩍이는 것 같았다. 잠시 후 저 앞에서 속도를 서서히 줄이며 비상등을 켜고 다가오는 차가 있었다. 두 사람을 알고 있는 모든 사람들이 잠들어 있는 이 시간에 둘만의 만남은 특별한 그 무엇이 있었다. 남자는 운전석으로 여자는 조수석으로 자리를 바꾸어 앉았다. 두 사람이 만나면 운전은 항상 남자가 했다. 차에 자리 잡은 두 사람은 서로의 얼굴을 쳐다보며 웃었다. 자다가 나온 그녀에게서 잠의 향기가 느껴진다. 여자의 얼굴 눈 아래 볼에 선명한 베갯잇 자욱이 베인 듯 패어져 있었다. 그러한 그녀의 모습이 너무나 귀엽고 사랑스러워 남자는 그녀의 입술을 살며시 입안으로 빨아들였다. 그녀에게서 잠에서 막 깬 어린아이의 향기가 느껴졌다. 우리는 아주 먼 곳으로 떠나고 싶었다. 목적지는 없었지만 그저 길을 따라 바다가 있을 만한 방향으로 무조건 달렸다. 두 사람은 별말을 하지 않아도 서로 잡은 두 손의 느낌만으로 충분히 교감할 수 있었다. 지금 여기가 어딘지 모르고 우리가 어디를 가는지도 모르고 무조건 길 따라 달리는 것이 그들에게 아이들과 같은 흥분과 재미를 주었다. 그렇게 한참을 재미있게 달린 후에 살짝 돌아갈 길이 걱정되었고 그녀도 불안함을 느끼는 듯하였

그 남자 그 여자

다. 도대체 여기가 어디지? 분명히 큰길을 따라 달렸는데 도대체 알 수 없는 곳을 지나가고 불빛 하나 없는 길을 달리고 있었다. 다행히 캄캄한 길 다리 끝에 다다르자 가로등과 상점 이정표가 보였다. 서해안 외딴 포구 근처에 왔다는 것을 알았다. 그제서야 안심을 하고 여자도 안심을 시켰다. 차에서 잠깐 내려 바닷바람을 쐬고 돌아가면 4시쯤에는 도착할 수 있을 것 같았다. 이 새벽의 데이트는 영원히 잊지 못할 추억이 될 것이라 생각했다. 온전히 너와 나만의 기억으로 남을 것이다. 새벽 4시가 다 되어서 두 사람을 태운 차는 남자의 집 앞에 도착했고 여자는 남자를 내려 주고는 쏜살같이 그녀의 집으로 달렸다.

며칠 후, "집에다 얘기해 놨어요. 다음 주에 엄마들 모임에서 2박 3일 놀러가기로 했다고 주말은 제외하고 평일로 날짜를 잡으면 좋을 것 같아요." 남자는 그동안 틈틈이 여자를 설득하고 있었다. "지금 나이에 못 하면 앞으로 영원히 못 하고 늙을 수도 있다. 나중에 그때 그렇게 할 걸 하고 후회하지 말고 인생에서 처음이자 마지막이다 생각하고 결심하자. 좋아하는 당신과 너저분한 뒷골목 모텔에서 첫경험을 갖게 하고 싶지는 않다. 기억에 남을 여행을 떠나자. 당신은 나에게 나는 당신에게 이미 모든 것을 내놓은 사이인데 지금이라도 당장 모텔 가서 사랑을 나누자 해도 거절하는 게 이상한 사이 아니겠나 앞으로도 계속 만남을 가질 텐데 우리 만남의 끝은 전혀 생각하지도 않고 있지 않느냐 첫 시작은 당신을 위해서라도 아름다운 여행지에서 출발로 하고 싶다." 남자는 자신의 생각을 꾸준히 여자에게 설명하고 있었다. 특별한 이유가 있어서 몇 날 며칠 여행이 불가능한 형편이라면 하는 수 없이 싸구려 모텔이라도 얻어서 첫날의 행사를 치루어야 하겠지만 남자는 그녀를 그렇게 함부로 취급하고 싶지 않았다. 손쉽고 흔한 싸구려 관계로 전락하고 싶지 않았다. 그녀를 위해서라는 마음도 있었지만 스스로를 위해서라도 그전과 같이 가벼운 처신은 하고 싶지 않았다. 그는 그녀를 진심으로 사랑한다고 생각했다. 그녀는 건강하고 아름다우며 고귀한 삶을 살아왔고 세상살이의 구정물에 오염되지 않은 맑은 품성을 그대로 간직하고 있다고 생각했다. 남자는 그녀를 만날 때마다 마음 깊은 곳의 내면까지 어루만져지고 위로받는다는 것을 느꼈으며 평화, 행복, 안정감, 이런 것들이 생기고 그로 인하

그 남자 그 여자

여 많은 상처가 치유되었다고 생각했다. 춤이라는 매개체가 아니었으면 그녀와 교제한다는 것은 언감생심 꿈도 못 꿀 일이었을 것이다. 여자도 알고 있었다. 지금은 아직 젊고 아름다운 용모를 간직하고 있지만 그것이 얼마 남지 않았다는 것을, 중년의 여인으로서 위기감과 앞으로 더 나이가 들면서 예견되는 어떤 상실감 등이 복합적으로 작용하여 평생 한번도 생각해 보지 않았던 연하남과의 교제 또는 밀회 그것을 뭐라 부르던 춤을 통해서 "딱 한 번만 해 볼까?"라는 호기심과 합리성을 찾게 하였다. 남자에게 여행이라면 낚시 가방 들고 구석구석 헤집고 다니다 알게 된 서해 바닷가 정도의 지식이 전부이다. 막상 2박 3일 일정의 여행 계획을 세우려 하니 난감하기 그지없었지만 그러면서도 자기가 잘 아는 곳으로 가야만 한다고 확신했다. 왜냐하면 여행지가 세계적으로 유명한 어디어디든 또는 충청도 구석의 외진 시골마을이든 그런 것이 중요한 것이 아니라 둘이서 몇 날 며칠 낮과 밤을 같이 보낼 수 있다는 사실이 중요한 의미가 있는 것이며 더 중요한 것은 여행의 낭만을 충분히 느낄 수 있게 리드해야 하는 책임감이 오롯이 남자의 몫이며 더불어 여행이 끝나는 동안의 충분한 안전 확보도 남자가 책임져야 하기 때문이다. 그래서 여행지 선정은 결국 남자가 잘 아는 서해 바다로 결정했다. 그곳은 혼자 낚시 다닐 때에는 관심이 없어서 유심히 쳐다보지 않았지만 생각해 보면 근사한 펜션 같은 건물도 바다가 잘 보이는 해변가에 지어져 있는 것을 본 기억이 났다. 2박 3일의 일정을 촘촘히 계획할 필요는 없이 우리에게 생길 수 있는 미지의 순간순간을 기대하며 출발하면 될 것 같았다. 두 사람은 들뜬 마음으로 서울 시내를 벗어나는 외곽도로를 달리고 있다. 날씨는 두 사람의 여행길을 축하하듯이 상쾌하며 따뜻했고 도로는 출근 시간이 지난 시간대라서 소통이 원활하였다. 얼마 전 심야 데이트에서 달렸을 것 같은 길을 훤한 대낮에 달리다 보니 그날의 기억이 생각나 두 사람은 마주 보며 웃었다. 대형 승용차는 고속도로에서 더욱 진가를 발휘했다. 소음은 없고 좌석은 아늑하였으며 쾌적한 주행 그리고 아름다운 여인과의 드라이브는 남자에게 최고의 삶을 선물하는 것 같았으며 여자도 남자도 행복하고 자유로웠다. 한 시간쯤 달렸을까 두 사람은 서해대교를 넘어 여자가 좋아한다는 휴게소 우동을 한 그릇 먹고 바다가 보이는 휴게소에서 여행의 정취를 잠시 느껴 본다. 여행 중에 들리는 휴게소에서의 음식도 여행 재미 중의 하나일 것이다. 잠시 후 고속도로를 벗어나 국도를 또 한참 달리면서 만나는 바다 곁 해안길에서는 임시로 지어진 어민들의 상점이 있다. 그들의 배에서 직접 잡아 올린 싱싱한 생선을 먹어 보기도 하고 방조제에 올라 만조를 향해 다가오는 수평선을 바라보며 둘만의 셀카 사진도 촬영해 본다. 그녀가 연상이기는 하지만 나이 차이는 4년에 불과했고 두 사람 모두 40대이다. 누가 연상이고 연하인지 아무도 알지 못했다. 여자는 영원히 늙지 않을 것 같은 동안의 얼굴과 표정을 지니고 있었고 그런 여자와 남자는 너무나 잘 어울려 주변의 보는 사람들에게 부러움의 대상이 되었다. 두 사람은 계속 달렸다. 바다를 끼고 있는 산의 허리를 깎아 만든 구불구불한 길을 돌아 해변으로 내려가는 소나무 숲길과 갈대 숲길을 지나 이 번잡한 세상과 동떨어진 듯한 조용한 백사장, 파도가 밀려오는 바로 앞 낙원 같은 펜션의 한 건물에 도착하여 우리는 여행 짐을 풀었다. 원룸형의 펜션 실내는 정갈한 더블 침대와 입구 쪽으로는 주방과 식탁, 그리고 베란다에는 마치 그림처럼 아름다운 바다가 하나 가득 들어와 있었다. 베란다 문을 열면 철썩이는 파도 소리가 지척에 들린다. 마침 노을 지는 시간대이어서 두 사람은 그 경치의 황홀함에 정신을 뺏기고 있었다.

9　초야

　그녀와 함께 마트에 가서 된장, 파, 마늘, 고기, 다시다 같은 식반찬을 준비하고 손잡고 돌아오는 기분이 정말 신혼부부 같은 기분이 들어서 너무 좋았다.

　"오늘 저녁은 내가 준비하겠소. 가만히 앉아서 차려 주는 음식을 드시도록 하시오. 여행지에 오면 남자가 모든 것을 준비하는 것이라 들었으니 내가 한 번 해 보겠소."

　남자는 웃으며 말했다 여자는 남자를 쳐다보며 의외의 말을 들은 듯한 표정을 잠시 지으며 이내 웃으며 말했다 "네, 알겠습니다. 호호호" 혼자 오래 살아온 경험이 있는 남자에게 된장찌개쯤은 식은 죽 먹기였고 거기에다 삼겹살을 굽고 스위트 와인으로 세팅하여 식탁을 준비하였다. 그동안 그녀는 베란다에서 어두워지는 바다의 풍경

을 바라보기도 하고 침대에 누워 꿀렁거리기도 하고 남
자가 제대로 하는지 주방을 기웃거리기라도 하면 이내
남자는 저리 가서 쉬고 있으라고 손을 내저었다. 두 사람
은 같이 식사를 하고 같이 와인을 마셨다. 처음으로 차린
남자의 식탁에 여자는 감탄하며 맛있게 먹어 주었다. 해
는 어느덧 넘어가 밖은 어둠이 내리고 있었고 두 사람은
가벼운 복장으로 밤 바닷가를 산책하기 위하여 밖으로
나갔다. 휴가철이 지난 지는 한참 된 9월 하순이었기에
인적은 없었고 펜션을 비춰 주는 불빛만이 해변 쪽의 길
을 밝혀 주고 있었다. 둘은 파도 소리를 들으며 백사장을
걸었다. 남자는 여자의 어깨에 손을 얹고 여자는 남자의
허리에 깊이 팔을 휘둘러 감으며 남자의 가슴에 고개를
묻었다. 사랑스러웠다. 밤바다에서 그는 여자의 입술에
입을 맞추었다. 두 사람은 서로의 입술을 한참 동안 탐하
였고 귓전에 들리는 파도 소리는 마치 감미로운 음악처
럼 들렸다. 바다의 젖은 향기를 따뜻한 물로 씻어 내고
상쾌하게 샤워를 한 남자는 침대 옆 작은 소파에서 와인
잔에 술을 따르고 있었다. 샤워실에서는 그녀가 샤워하
는 물소리가 들리고 있었다. 그녀가 나오면 마실 수 있게

마주 놓인 잔에도 술을 따르고 남자는 먼저 한 모금 와인을 들이켰다. 순식간에 식도를 타고 위장으로 흘러내린 술은 그의 얼굴을 발갛게 상기시키는 것 같았다. 혈관을 타고 도는 와인의 기운과 함께 가벼운 흥분이 일어났다. 여자는 샤워실에서 수증기를 내뿜으며 나타났다. 화장기 없는 얼굴의 탱탱한 광대에서 반짝거리며 빛이 발산되었다. 남자는 잠깐 숨을 멈추었다. 이내 여자에게 와인잔을 건네며 건배를 제의하고는 서로의 입을 적시었다.

남자와 여자는 가운을 입고 있었다. 두 사람은 침대에 걸터앉으며 서로를 마주 보았다. 남자는 여자에게 입을 맞추었다. 그녀의 입에서는 달콤한 와인의 맛이 촉촉히 느껴졌다.

남자는 여자의 가운을 벗기고 침대 위에 앉게 했다. 그리고 소파 테이블에 놓여 있는 와인잔을 손에 들어 한 모금 마시며 서 있는 채로 그녀의 나신을 바라보았다. 실오라기 하나 걸치지 않고 몸을 웅크리고 앉아 있는 여자의 모습에서 광채가 일었다. 남자는 눈이 부셨다. 그녀의 눈동자에서, 얼굴에서, 어깨에서, 무릎에서, 베란다에서 들어오는 은은한 불빛과 함께 그녀의 검고도 붉은 이국적인 피부색이 반짝이고 있었다. 생전 처음 겪어 보는 아름다움이었다. 잠시 얼이 빠진 듯한 남자는 이내 정신을 가다듬고 그녀에게 다가갔다. 그녀는 부끄러운 듯 잔뜩 몸을 웅크리며 다가오는 남자를 응시했다. 남자는 생각했다.

'이제는 내 것으로 만들 시간이다.'

여자는 걱정 반 기대 반으로 남자와의 첫날밤을 허락했다. 스무 살에 첫 남자를 만나 결혼을 하고 다른 남자와의 경험은 한 번도 상상해 본 적이 없던 그녀였다. 나이가 50을 바라보는 40 중후반에 있으면서 평생 남편과 자식만을 위해서 살아왔다. 자신만의 즐거움과 만족감을 위해서는 아무런 일도 한 일이 없었다. 자식들은 다 성장하여 제 갈 길을 가고 있고 남편은 사업이 그렇게 바쁜지 아니면 예전의 나쁜 짓을 다시 시작했는지 모르겠지만 요즘은 출장이 잦아서 얼굴 보기도 힘들다. 유일한 그녀의 즐거움은 꾸준히 실력을 닦아 온 문화회관의 에어로빅 시간이다. 오전 내내 음악에 맞춰 온몸을 흔들어 대면 흘러내리는 땀만큼 상쾌함이 찾아온다. 그것이 하루의 활력을 주었다. 그러다 아는 언니와 리듬댄스를 배

　　　　　　　　　　　　　그 남자 그 여자

우는 동아리에 가입해서 춤을 배우기 시작했는데 그 춤은 남녀가 같이 커플로 추는 춤이다 보니 이성과의 접촉이 불가피하게 없을 수 없었다. 하지만 운동하는 것에서 그쳤지 그 이상을 생각해 본 적은 전혀 없었다. 그리고 앞으로도 계속 그럴 수 있을 것이라 생각했다. 그녀는 댄스클럽에서 유혹해 오는 많은 남자들에게 조금의 틈도 주지 않았다. 그러나 이 남자와 처음 홀에서 만나 운동할 때에는 무엇이 좋았는지 단단히 잠갔다고 생각한 그 마음의 빗장이 나도 모르게 풀리는 것을 느꼈다. 그는 다른 남자들과 다르게 아무 말도 하지 않았다. 마치 자신이야말로 순수하게 운동으로 온 사람이라는 듯 열심히 춤을 추었고 춤 실력도 부담될 정도로 뛰어나지 않았다. 오히려 여자가 가르쳐 주면서 하는 동작도 있을 정도였다. 옷이 흠뻑 젖을 정도로 몇 시간 하고는 그냥 가 버리는 사람이었다. 다음에 우연히 또 만났을 때도 그냥 가려는 남자를 땀이라도 식히고 가라고 자기가 붙잡고 차를 마셨으며 그 다음 만남에도 여자인 자기가 먼저 같이 식사하자고 하였으며 그 다음 만남에는 왜 내 전화번호를 물어보지 않느냐며 가르쳐 주듯이 그에게 건넸다. 이 남자는 나에게 어떤 유혹의 말과 행동을 하지 않았다. 하지만 남자의 그러한 태도가 오히려 여자를 더욱 적극적으로 말하게 만들었다. 이 남자는 나에게 충분한 시간과 기회를 주었고 내가 먼저 무엇이든 하고 싶게 만드는 기술이 있었다. 그런 그 남자가 지금 자신의 온몸을 빨아 당기고 있다. 나는 사냥 당하는 연약한 사슴처럼 꼼짝할 수가 없다. 그는 한참 동안 내 몸을 희롱하더니 생전 처음으로 느껴 보는 커다란 물건으로 내 몸 안에 파고들어 왔다. 설레고 기대하던 마음은 처음부터 미지의 공포심이었는지 모른다. 나는 고통에 몸부림치며 소리쳤다. 남자는 속도를 늦추며 키스하고 한참을 부드럽게 어루만져 주었다. 이윽고 다시 나를 보며 고개를 끄덕여 보였으며 내가 수긍하는듯 고개를 숙이자 조금 전과는 다르게 천천히 조금씩 밀고 들어왔다. 내가 힘들어하면 잠시 기다리며 텐션을 주고 서서히 나의 자궁을 그이의 물건에 맞게 늘려 가면서 사랑을 나누었고 그 잠시의 시간이 지나자 통증은 사라지고 뻐근한 쾌감에 몸이 떨리고 저절로 입이 벌어지며 기쁨의 신음이 토해졌다. 남자의 쳐들어온 물건은 서서히 속도가 빨라지더니 인정사정을 봐주지 않았

다. 무자비하게 쳐 대고 있었으며 여자 또한 정신없이 그
것을 받아들이고 있었다. 여자는 살아오면서 오르가즘
을 충분히 느끼고 살았다고 생각했다. 집에서 남편과 관
계를 맺을 때면 항상 서너 차례의 절정을 느꼈었고 남편
또한 그러한 관계에 만족한다고 생각했다. 그런데 지금
이 남자의 움직임에 나의 절정은 끝이 없다. 서너 차례의
절정을 열 번 합하는 것과 같은 사정에 여자는 몇 번이나
까무러쳤다. 그럴 때마다 남자는 템포를 조절해 가며 여
자가 정신 차리길 기다리고는 다시 여자의 깊은 곳을 공
략해 왔다. 여자는 처음 건드려지는 민감한 부분에 끝없
이 사정을 했고 결국에는 온몸이 파죽음이 되어 늘어지
자 그때서야 남자는 몸에 힘을 주며 부르르 떨었다. 여자
는 이러다 죽겠다 생각했고 남자는 죽음을 무릅쓰고 달
려드는 색마 같았다. 땀으로 범벅이 된 두 사람은 꼭 끌
어안고 서로의 땀을 부드러운 입술과 혀로 빨아 주었고
흠뻑 젖어 난장판이 된 가랑이 사이를 서로의 허벅지로
끼고 비비며 후희를 즐기고 있었다. 허벅지에 닿는 그녀
의 밑은 까실거리고 뜨끈뜨끈 하였다. 남자는 그녀의 젖
은 머리칼을 손으로 넘기며 미소 지었다. 여자 또한 남자

의 은밀한 부분의 애액과 구석구석의 땀을 손으로 훔치며 말했다.

"자기야, 이러다 나 죽겠어."

"걱정하지 마. 관계를 안 한 지 오래돼서 그렇지 자주 관계하면 적당히 조절할 수 있을 거야."

"너무 아퍼."

"할 때도?"

"아니 할 때는 흥분해서 좋기만 한데 처음에는 아프고 지금은 거기가 얼얼해."

"나도 너무 오래 했는지 얼얼해."

두 사람은 낄낄대며 웃었다.

다음 날 아침 여행과 와인, 열정적 사랑으로 인하여 깊은 잠에 빠진 두 사람은 부시시하게 눈을 떴다. 여자는 남자의 팔을 베고 자신의 팔을 남자의 가슴에 두르고 허벅지를 남자의 하반신에 걸쳐 잠들어 있었다. 남자는 아침에 벌거벗은 채 자신의 곁에서 잠이 든 그녀를 바라보며 행복했다. 처음으로 여자에게 사랑받는다고 느꼈으며 또한 그녀에게 깊은 사랑을 느꼈다. 남자는 가만히 그녀의 입술에 입을 맞추었다. 부드럽게 입술을 빨고 마른

그 남자 그 여자

입안을 조금씩 적시었다. 그녀의 입에서 아침 향기가 났다. 여자도 적극적으로 남자의 입술과 키스를 받아들이고 반응했다. 베란다에 해가 비치는 시간이었지만 두 사람의 몸은 다시 뜨거워졌다. 간밤의 사랑의 흔적이 여자의 몸에 아직도 흥건히 젖은 채 남아 있었지만 그러한 것이 남자의 뜨거운 기둥에 전해지는 촉촉한 느낌은 더욱 자극적이었다. 남자는 젖어 있는 그녀의 몸을 자신의 그것으로 이리저리 휘저어 불을 지피기 시작했다. 그녀의 고통도 어제와는 다르게 잠깐 스쳐 가기만 할 뿐 남자의 몸짓에 따라 그녀의 몸도 활처럼 휘어지고 비틀어지기도 하며 수없이 반복되는 절정에 정신을 잃어 가고 있었다. 이어서 자궁 안 깊숙이 쳐들어와 뿌려지는 남자의 뜨거운 사랑의 애액에 그녀는 그저 울고 싶기만 했다. 여자는 흐느끼며 울고 소리 내어 울고 남자의 큰 가슴에 파묻혀 울다가 다시 잠이 들었다.

10   규칙적인 사랑

펜션 앞의 넓고 긴 해변은 해수욕장으로 이용될 만큼 백사장의 모래가 부드러웠고 바다의 수심도 경사가 완만하여 한여름에 사람들이 많이 찾는 그 지역의 잘 알려진 장소였다. 두 사람은 늦잠을 충분히 자고 늦은 아침을 아주 간단히 먹고 펜션 주변을 둘러보기로 했다. 소나무 숲길은 걷기에 좋았고 저 멀리 보이는 수평선 끝에서는 간간히 사람들이 쪼그리고 앉아 모래밭에 호미질을 하며 무엇인가를 잡고 있는 모습이 보였다. 마침 펜션 근처에 점포가 있어 알아보니 바지락을 캐고 있다고 하였다. 여자는 바지락을 캐서 내일 아침에 조개탕을 끓이자고 했고 그들은 점포에서 판매하고 있는 호미 두 자루를 구입하여 바다를 향하여 나갔다. 파도가 일렁이는 바로 앞에

까지 다가가서 모래에다 호미질을 하기 시작했다. 도시에서 태어나 평생 도시에서 살아온 남자에게는 처음 하는 체험이었다. 아무것도 없는 허허벌판 같은 해수욕장 모래밭에 신선한 생물이 존재한다는 것이 신기하게만 생각되었다. 여자는 호미질에 "덜커덕" 하고 걸려 나오는 조개를 보며 아주 재미있어 했다. 바닷물이 점점 더 빠져서 평소에 사람의 손길이 닿지 않은 깊은 곳까지 바다가 보여 주었을 때는 모래 반 조개 반이라 할 정도로 충분히 잡을 수 있었다. 두 사람은 바닷물에 조개를 충분히 담아 머금고 있는 모래를 뱉어 내게 하는 해금을 했다. 그렇게 하지 않으면 탕이나 찌개를 끓였을 때 모래가 씹혀 먹을 수 없다고 했다. 평소와는 다른 낯선 행위를 같이하는 두 사람은 그러한 모든 것이 즐겁기만 했다. 바다에 다녀왔더니 몸이 축축하기도 하고 배도 고프기도 하여 가볍게 샤워를 마친 후 그 지역의 특산물 맛집으로 차를 몰았다. 구불구불한 해안도로의 풍광이 무척이나 아름다웠다. 사람들에게 물어보기도 하고 인터넷에 검색하기고 하여 수집된 정보는 '낙지요리'였다. 박속으로 시원한 국물을 우려내 서해안 갯벌에서 잡은 낙지와 함께 탕을 끓여 내는 음식이었는데 그냥 연포탕과 비슷한 음식이기는 했지만 그녀와 함께 낯선 여행지에서 먹는 낙지탕은 훌륭하기만 했다. 우리는 자동차로 지역의 구석구석을 탐방하고 걷기로 그 구석의 세밀한 부분까지 스케치하며 느낌의 공감에 대하여 대화를 했다. 소나무숲 울창한 오솔길을 걷고, 바람에 쓸려 와 모래에 덮인 해안길을 걷고, 바다에서 불어오는 거친 바람에 온 머리칼을 흩트리며 방파제 석축 길을 걸었다. 그리고 이야기하고, 손잡고, 어깨동무하고, 서로 팔짱을 끼며 연인으로서 앞으로의 영원한 동반자로서 꿀처럼 달콤한 밀어를 속삭였다. 근처에 갯벌장어로 유명한 지역이 있다는 말을 들은 기억이 났다. 지금은 서해안으로 여행 오는 사람이 많지 않지만 예전 서해안 시대 때에는 당시 대통령도 헬리콥터로 와서 먹고 가고는 했다는 "갯벌장어 연탄구이" 그곳을 가보기로 했다. 유명한 포구의 백사장은 어마어마하게 넓고 길었다. 예전에는 이곳에서 자동차 경주도 열렸다고 한다. 두 사람은 백사장이 잘 내려다보이는 방조제 위로 올라가 한쪽으로 나란히 줄지어 있는 포장마차에 자리를 잡고 앉았다. 포장마차 안에는 커다란 고무대야에 살아

그 남자 그 여자

있는 장어들이 꿈틀거리고 있었다. 남자는 주인장에게 말을 건넸다.

"예전에는 팔뚝만 한 장어가 많았었다는데 지금은 그렇지 않은가 봐요?"

"네, 예전같이 많지는 않지만 제철이 되면 조금 나오기는 하지요. 하지만 전부 예약된 식당에 팔려 나가서 구경하기가 어렵습니다."

포차 안은 여러 개의 화덕에 연탄불이 지펴지고 있었고 바닥의 커다란 대야에는 제법 큼직한 장어들이 촘촘한 어망에 한가득 살아 꿈틀거리고 있었다. 두 사람은 연탄 화덕을 가운데 두고 마주 앉았다. 해변 포차의 한쪽은 천막으로 가려지지 않아서 마치 멋진 바다의 풍경을 담은 그림처럼 보기에 좋았다. 깨끗하게 손질되어진 장어를 연탄불에 올려 구우며 남자는 술을 한잔 마셨다. 승용차 운전은 여자가 하면 되니까 남자는 부담이 없었다. 그리고 그날 밤도 다음 날 아침도 두 사람은 사랑을 나누었다. 터진 봇물처럼 사랑은 끝이 없었다. 여자는 평소 3시간씩의 에어로빅으로 지치지 않는 체력을 가지고 있었고 남자 또한 규칙적인 근력 운동과 단백질 섭취 등의 자기 관리로 최고의 컨디션과 체력이 뒷받침되고 있었다. 나이는 비록 50을 바라보는 40대였지만 그들의 인생에서 지금이 최고의 전성기처럼 보였다. 땀에 푹 젖은 남자는 반드시 누워서 천정을 바라보며 호흡을 가다듬고 있었다. 곁에는 더 젖은 채로 남자의 팔베개를 하고 남자의 허벅지에 자신의 허벅지를 걸치고는 품에 쏙 들어가려는 듯 벌거벗은 몸을 밀착시키고 있는 그녀가 있었다. 남자는 여자가 그렇게 품 안에 적극적으로 파고들어 오는 것이 좋았다.

싱글로 살아가면서 항상 홀로 밤을 보내는 남자가 이렇게 멋진 여인과 몇 날 며칠을 같이 보낸다는 사실이 정말 꿈만 같았다. 여자가 말을 건넸다.

"자기야, 정말 우리가 이러고 있는 것이 꿈만 같아."

"그건 나도 그래. 생각해 보면 우리가 처음 만났을 때는 상상도 하지 못했던 일이잖아. 나는 자기를 신이 보내준 큰 선물이라는 생각이 들어."

"너무 행복해."

"나도."

두 사람은 마주 보고 웃었다. 여자가 다시 말을 이었다.

그 남자 그 여자

"우리 앞으로 휴가철 끝나고 가을이 시작되는 이맘때가 되면 지금처럼 여행을 같이 가기로 해요."

남자가 대답했다.

"아 너무 좋지. 그럼 약속하는 거다 응?"

"네, 좋아요. 약속하는 거예요."

그 후 여행에서 돌아온 뒤로 두 사람은 주말을 제외하고 개인 볼일을 제외하고 매일 만나 같이 운동을 했다. 그것은 마치 여자가 오전에 에어로빅을 하는 것과 같았다. 에어로빅이 끝나는 시간이 되면 점심을 동호회 엄마들과 먹고 차를 마시고 종일 수다를 떨다 집에 들어가는 생활의 루틴에서 오후의 시간을 파트너와 커플 댄스를 추는 시간으로 변경한 것 정도인 것이었다.

에어로빅에 나오는 젊은 엄마들이 말했다.

"언니 요즘 애인 생긴 것 아니세요? 왜 이렇게 바쁘세요?"

"아니야. 애인은 무슨 그냥 바쁜 일이 좀 생겨서 그래. 커피는 자기들끼리 마셔." 하고는 여자는 서둘러 자리를 떴다. 남자와 만나기로 한 시간이 다가왔기 때문이다. 젊은 엄마들이 평소와 다른 고참 언니의 낯선 행동에 고개를 갸웃거리는 정도였다. 곁에서 지켜보고 생활한 시간이 워낙 오래됐기 때문에 언니 품격이나 삶의 태도에 신뢰가 있어 설마 애인이 생겼을 거라고는 생각하지 않는 것 같았다. 여자에게는 남자와 같이 시간을 보내는 것이 너무나 즐겁고 새로웠다. 어느 날 남자는 여자에게 할 말이 있다고 하며 조용히 말을 시작하였다.

"우리가 여행을 다녀온 뒤로 서로에 대하여 공유하는 시간이 보다 많아졌어요. 서로 많이 좋아하니까 매일 같이 만나서 같이 운동하고 같이 저녁 먹고 당신을 집에 배웅하고 그리고 돌아오는 나의 기분은 한결같이 행복하지 않은 적이 없어요. 그러나 나는 혼자 사는 남자이고 당신은 아니잖아요. 내가 하고 싶은 말의 요점은 밖에서 만나는 당신은 밖에서는 내 여자이니까 혼자 사는 나에게 규칙적으로 사랑을 나눌 수 있는 시간을 배려해 줘야 한다는 거예요."

여자는 가만히 듣고 있었다. 왜냐히면 남자의 말은 여자의 애인으로서 당연하다고 생각했고 만약에 남자가 그러한 주장을 하지 않고 시간을 보내는 이유가 있다면 남자에게 이미 다른 여자가 있다는 것뿐이라고 생각했기 때문이다.

그 남자 그 여자

"그래서 우리가 주중에 매일 만나 운동을 같이 하지만 최소한 일주일에 한 번은 운동을 가는 시간에 사랑을 하고 싶다는 겁니다. 집에 들어가지 말고 외박을 하자는 것이 아니고 평소 운동하던 시간을 이용하여 사랑을 나누자는 말입니다. 알겠습니까?"

여자는 가만히 고개를 끄덕였다. 남자는 여자의 태도에 흡족한 표정을 지었으며 하루 전에는 사랑하고 싶다는 말을 하겠다며 여자의 동의를 구했고 그날이 내일이라고 말하였다. 여자는 거절하고 싶지는 않았지만 정말로 내일은 나올 수 없는 집안일이 있었기 때문에 내일모레 같이 있자고 하였고 남자도 좋다고 수긍하였다. 그녀를 만나지 않는 오늘 남자는 충분한 휴식을 취하며 그녀와 보낼 내일의 즐거운 시간을 기대하고 있었다. 혼자 사는 남자에게 사랑하는 여인과 훌륭하고 완벽하며 충분히 만족할 수 있는 성관계를 갖는다는 것, 그것도 한두 차례로 끝나는 것이 아니고 오랜 세월 함께 한다는 것은 굉장한 행운이다. 남자는 그동안 그녀를 만나면서 일반적인 여자에 관한 편견이 사라졌다. 주변에 흔히 보이는 여자들의 대부분은 자기애가 강력하여 아주 많이 이기적이다는 생각을 평소에 하고 있었다. 그것은 가족들까지도 예외는 아니었고 사실은 남자와 여자 구분도 없었다. 평소 일상생활에서는 잠자고 있던 이기심이 어떤 유불리한 상황이 닥쳤을 때 오랜 세월 쌓아 온 사람들 간의 관계는 너무나 쉽고 허무하게 사라지고 오직 손익만을 기준으로 하여 돌변하는 사람들의 행태에 남자는 관계에 대한 상실감으로 인하여 사람들에게 기대할 수 없는 우울함 같은 것이 있었다. 그러나 그러한 남자의 상실감, 우울함, 같은 어두운 마음의 한구석에 그녀는 따뜻한 배려와 이타적인 사랑의 햇살을 비추어 주었고 남자는 여자와 교제를 하면서 정신과 육체가 함께 치유되는 기쁨을 느낄 수 있었다.

남자는 행복했다. 전에 알고 지낸 모든 인연들은 지금 그녀를 만나기 위한 연습이었다는 생각했다. 그녀는 운동 파트너로서, 주기적으로 성생활을 함께할 수 있는 섹스 파트너로서, 매년 휴가 여행을 함께할 수 있는 여행 파트너로서, 함께 소문난 맛집을 찾아 다니는 맛집 매니아로서, 인생을 함께 살아가는 동반자가 될 것이다.

남자는 그렇게 확신을 했다. 그녀에게서 전화가 왔다.

그 남자 그 여자

11   완벽한 관계

만나기로 한 날은 내일이었고 오늘은 용무가 바쁘다고 하더니 생각하며 전화기를 든다.

"여보세요."

"응, 자기야 지금 어디야?"

"응, 그냥 집에 있어. 오늘은 볼일이 있다더니 끝났어?"

"응, 남편이 오늘도 출장이 갑자기 잡혀서 못 들어온다고 연락이 왔어. 그래서 아이들에게는 엄마 친구들과 함께 찜질방 간다고 얘기하고 나와서 자기와 함께 있고 싶어."

"어 그래? 그러면 좋지 그러면 먼 곳으로는 가지 말고 당신 집 근처에 상업 지구 번화가 있는 곳으로 가자."

"난 몰라. 자기가 가자는 데로 갈래."

"응, 알았어. 잠깐만 기다려 지금 출발해서 집 앞에 도착하면 전화할게."

"응."

신도시 아파트 중간에는 적당한 거리 간격으로 상업지구 번화가가 형성되어 있었다. 그녀의 집에서 10분 거리에도 그러했는데 먹자골목과 유흥시설 업종 그리고 모텔도 성업 중에 있는 것을 남자는 알고 있었다. 두 사람은 지하에 주차장이 있는 모텔로 들어가 안쪽 깊숙한 곳에 파킹을 하고 엘리베이터로 이동하였다. 신축 건물이어서 실내는 깨끗하고 잘 정돈되어 있었다.

"그러면 오늘은 여기서 자고 아침 일찍 집에 들어가는 거로 하자고. 찜질방 다녀오는 거니까 응?"

여자는 웃으면서 대답했다. "네."

남자는 소파에 앉아 담배를 물고 여자를 쳐다보았다. 여자는 엉거주춤 남자와 마주하는 위치에 서 있었다. 남자는 짧게 말했다. "벗어!"

속으로는 장난기가 있었지만 막상 말을 뱉고 보니 명령조로 들렸다. 작고 조용한 룸의 공간에 남자의 말은 무겁게 울려 퍼졌다. 강압적인 남자의 멘트에 순간 당황하

그 남자 그 여자

는 것 같은 여자는 잠깐 망설이다가 스스로 옷을 벗기 시작했다. 남자는 소파에 앉은 그대로 담배에 불을 붙여 한 모금 깊이 빨아 당겼다. 여자가 상의를 벗으니 예쁜 속살에 브라가 가슴을 가리고 있었다. 남자는 여자의 벗는 모습을 지켜보다가 테이블의 글라스에 맥주를 가득 따랐다. 여자가 하의를 벗으니 브라와 같은 진분홍색 꽃무늬의 작은 삼각팬티가 그곳을 가리고 있었다.

"나머지는 내가 벗기게 이리로 와서 앉아."

청바지에 체크무늬 남방을 입은 남자는 옷을 전혀 벗지 않은 채 두 다리를 벌려 안쪽 허벅지를 툭툭 손바닥으로 치며 말했다. 여자의 작고 예쁜 궁뎅이는 남자의 명령조 말투에 순순히 따르며 남자의 허벅지에 걸터앉았다. 남자는 여자의 허리 깊숙이 팔을 휘어 감으며 잘록한 허리와 속살의 부드러움에 짜릿한 쾌감을 느끼고는 맥주를 벌컥벌컥 삼키었다.

"말 잘 듣는데."

남자는 여자의 브라 끈을 엄지와 검지로 튕겨 풀어내며 웃음기 섞인 표정으로 말했다. 여자는 그제서야 장난기 있음을 눈치채고 말했다.

"아이 씨. 자기도 벗어 자기는 내가 벗길 거야." 하며 여자가 달려들었다.

"하하하. 알았어. 맥주는 한잔해야지." 그녀에게도 한 잔 가득 따라 주며 풀어진 브라 사이로 삐져나온 젖가슴의 꼭지를 빨았다. 그녀의 밋밋한 느낌의 살맛과 살냄새와 맥주향이 입안에서 서로 어울려 사랑이 되었다. 두 사람은 밤이 새도록 섹스하고 잠들고 섹스하고 잠들기를 반복했다. 다음 날 새벽 온통 헝클어진 잠자리와 녹초가 된 듯한 두 사람은 눈을 떠 마주 보며 홀랑 벗은 두 몸을 비벼 댄다. 남자의 몸은 또 반응하고 여자는 그것을 받아들인다.

"자기야, 나 이러다 죽을 것 같아. 왜 이렇게 많이 되는 거지. 계속되니까 미칠 것 같아 이런 곳에서 죽으면 어떡하지 창피해서."

"죽기는 왜 죽어 그런 걱정은 하지도 마 죽어도 집에 가서 죽을 거고 아니어도 119에서 다 좋게 처리해 줄 거야. 이런 곳에서 홀랑 벗은 채로 죽지는 않을 테니 쓸데없는 걱정하지 말고 집에 가면 푹 쉬어 나도 그럴 거니까."

그도 그럴 것이 그녀의 그곳은 지나치게 예민하여 남

그 남자 그 여자

자가 건드리는 대로 수십 번도 넘게 사정할 정도였다. 남자는 그녀의 사정 횟수를 십, 이십까지 세다가 자기도 모르게 섹스의 몰입에 정신을 놓고 잊어버리기를 반복하여 그 정도를 셀 수 없었다. 여자가 예민한 반면에 남자는 그곳이 매우 둔감한 편이었다. 느낌이 간절히 좋기는 하지만 사정을 참을 수 없을 만큼 목 끝까지 차오르는 것을 통제할 수 있었다. 파트너가 충분히 할 수 있을 때까지 가능했고 지쳐서 더 이상 힘을 못 쓸 때쯤 남자는 절정을 향한 몸짓을 하였다. 그렇게 두 사람은 익숙하고 완벽한 관계가 되어 있었다.

도낏자루 썩는지 모르고 세월은 흘러갔고 두 사람은 파트너로서 서로 사랑하고 운동하고 여행을 다녔다.

매년 여름이 끝나고 가을로 접어들 무렵이면 여행을 다닌다. 강원도 설악산 권금성에 케이블카로 올라가 기념 촬영도 하고 아침이면 초당 순두부로 해장하고 점심 때는 속초 생선구이 백반 골목에 들어가 생선을 잡고 저녁이면 동해안 한적한 포구의 식당에서 회 한 접시와 매운탕에 반주를 곁들였다. 동해안의 바다는 깊고 푸르고 맑았다. 바다가 멀리 내려다보이는 산 중턱의 예쁜 펜션에서 불빛에 반짝이는 밤바다를 바라보며 사랑을 나누고 다짐한다. 영원히 함께 하자고.

또 다른 해에는 경북 포항 구룡포를 기점으로 하여 영덕의 대게 축제에서 꽉 찬 대게 다리살을 맛보고 울진의 월송정, 백암 온천에서 숙박하고 구미의 금오산, 충남 금산의 인삼 축제를 휩쓸고 다니기도 하고 다른 해에는 전북 부안 변산반도의 채석강 그리고 지도를 획 가로 질러서 정읍의 내장산에서 색 깊은 단풍 계절에 숙박을 하고는 했다. 여자의 남편은 자주 출장을 다녔다. 계획에 없던 출장도 갑자기 간다고 전화로 통보하고는 했다. 본인이 바빠서인지 아니면 여자에 대하여 절대적인 신뢰가 있어서인지 알 수는 없었지만 그녀의 여행에 대하여 관대하였고 일상에 대하여도 따지지 않는 편이었다. 앞으로 3년만 더 일하고 사업을 정리하여 귀농을 할 것이라고 하며 같이 갈 의향이 있느냐 물었을 때 여자는 절대 안 간다고 했다. 남편은 혼자서 가도 충분하다 말했고 귀농에 필요한 것을 미리 조금씩 준비하였다. 여자는 남자에게 말했다.

"남편이 시골로 가면 지금 사는 큰 집을 정리하여 작은

그 남자 그 여자

집으로 옮기고 근처에 작은 집을 장만하여 우리 같이 살아요."

남자는 그녀의 이야기를 들으며 멀지 않은 미래에 그녀와 한집에 살 것을 생각하니 유쾌하고 마음이 든든하였다. 무엇이든 지금보다 더 잘될 수 있을 것이라는 막연한 희망이 있었다.

"내일 저녁에 집으로 오세요. 집에서 밥을 지어 같이 식사하고 싶어요."

"네?"

남자는 화들짝 놀라 두 눈을 크게 뜨고 여자를 쳐다보았다.

"호호호. 왜 그렇게 놀라세요. 걱정 마세요. 내일 집에 아무도 없을 거고 누구도 들어오지 않을 거예요. 아이들은 수련회 갔고 남편은 출장 가서 안 들어와요. 오직 나뿐이니 와도 돼요. 내가 사는 솔직한 모습을 보여 주고 싶어서 그래요."

다음 날 저녁 남자는 그녀와 함께 그녀의 집으로 향했다. 아파트 지하층의 주차장에 차를 세우고 3층에 있는 그녀 집으로 함께 들어갔다. 굳게 닫혀 열릴 것 같지 않던 현관문은 낯선 이방인에게 결국 입실을 허용하였다. 남자는 긴장감과 호기심으로 신발을 벗으며 거실과 눈에 들어오는 실내를 두리번거렸다. 실내는 상당히 넓었다. 어린 시절 친구 집에 놀러 갔던 강변의 아파트는 거실이 운동장처럼 컸었는데 그 정도는 아니었지만 70평 정도 되는 평수인 것 같았다. 여자는 호기 있는 말투로 얘기했다. "아무도 없으니까 걱정 말고 편히 앉아 계세요." 남자는 소파에 앉았다 거실 바닥에 앉았다 일어서서 서성거리다 했다. 거실 한쪽 벽면에는 천정 높이로 세워져 있는 유리문 장이 있었는데 여러 가지 양주가 선반마다 빼곡하게 진열되어 있었다. 여자는 웃으며 말했다 "호호호. 드시고 싶은 술 있으면 드셔도 돼요." 그녀는 남자에게 다가와 포옹하며 "제가 사는 모습을 자기에게 보여 주고 싶었어요." 남자는 그녀에게 키스했다. 밝게 불 켜진 거실은 밖의 지나가는 사람이 의식적으로 쳐다보면 서서 포옹하고 있는 두 사람의 모습이 보일 수 있는 상태였다. 뭘 몰라서 대책 없이 행동하는 그녀를 이제는 남자가 컨트롤 해야 한다는 생각이 들었다. "밖에서 지나가는 사람이 보겠다. 당신 잠자는 방은 어디야?" 남자는 말하며 여

그 남자 그 여자

자를 품에서 떼어 냈다. 여자는 거실을 벗어나 한쪽 방으로 향했다. "여기저기는 애들 방이고요. 이곳이 제 침실이에요." 침실은 생각보다 작았다. 한때 유행하던 돌침대가 창문 쪽으로 놓여 있었고 방과 방 사이에 또 다른 방과 연결되는 문이 있었다. 그 사이의 공간에는 옷이나 잡동사니 등이 있었으며 연결되는 방은 남편 침실이라 말했다. 남자는 그녀의 침대에 몸을 눕혀 보았다. 딱딱한 돌침대의 느낌이 조금 불편하게 느껴졌다. 여자는 남자의 옆에 누우면서 "여기서 자고 가요."라고 말했지만 동시에 남자는 머릿속이 복잡해지고 몸이 불편해져 더 이상 누워 있을 수가 없어 다시 거실로 나갔다.

"왜요? 불편하세요?"

"응, 자꾸 현관으로 시선이 가네 갑자기 누가 들이닥칠 것 같아."

여자는 웃었다. "그럴 일 없어요."

남자는 일어나 양주 장 앞에 섰다. 빼곡하게 진열되어 양주병들 중에 옛날 매제 될 녀석이 아버지께 인사 오면서 선물로 사 가지고 왔던 술병이 눈에 띄었다.

"이거 마셔도 되나?"

"네, 마셔도 돼요. 마음에 드는 술 있으면 몇 병 가져가
서도 돼요."

남자는 도자기에 들어 있는 술병의 마개를 땄다. 그녀
가 차려 준 안주상에 따라 마시는 향기로운 술도 왠지 싸
구려 위스키처럼 독하게 느껴졌다.

"여기서 자는 것은 좀 그렇고 어차피 당신 혼자 자야
하니까 나가서 편하게 자자."

"그래요, 그럼."

여자는 남자가 생각하는 것보다 점점 더 대담해졌다.
그래도 남자는 어느 정도 선이 지나면 속도를 조절하며
과하게 넘치지 않으려는 의식이 있었지만 그녀는 마치
브레이크 없는 자동차가 질주하듯 모든 행동에 거침이
없었다. 사실 그렇게 하기에 그녀는 지켜야 할 것들이 많
은 여인이라 남자는 생각했고 사실도 그러했다. 남자는
여자에게 물었다.

"당신 집에 남편과 아이들을 생각해서 어느 정도는 집
안을 돌봐 가며 나와 함께 해야 하지 않을까?"

"아잉, 몰라 나 지금 아무것도 생각하고 싶지 않아. 당
신이 날 이렇게 만들었잖아."

남자는 한숨을 쉬었다. 지나치면 절대 안 되고 부족해도 안 되고 아쉽지만 그 중간 정도의 상태를 유지하며 관계를 갖는 것이 최선책이라 남자는 생각했다. 반면에 여자는 이 남자 없이는 살 수가 없을 정도로 몸도 마음도 이 남자 생각으로 가득 차 있었다. 그런데도 불구하고 아이들과 남편이 쉬는 날 토요일과 일요일은 식구들과 시간을 같이 보내는 평생의 규칙을 지키고 있었다. 그러다 틈이 나면 남자에게 전화를 하여 무엇을 하고 있는지 확인하기도 하고 혹시 전화라도 안 받으면 나 모르게 다른 여자를 만나는 것은 아닌가 하는 의심을 하기도 하였다. 주말에 가족들과 함께 시간을 보낼 때에는 그 남자 생각에서 벗어나 식구들에게 집중할 수가 있었다. 그러나 지금은 설거지를 하다가 빨래를 널다가 틈만 생기면 그 남자 생각이 난다. 그 사람은 무엇을 하고 있을까? 혹시 나 몰래 다른 여자를 만나는 것은 아닐까? 여자는 나이가 한 살씩 더 들어갈수록 자신감이 떨어졌다. 여자는 나이 드는 것이 눈에 보이는데 그 사람은 아직도 쌩쌩한 것 같아서 더 그러했다. 만나는 세월이 벌써 5년째, 그 사이에 신체에 변화도 생기는 것 같았다. 눈가의 주름도 그렇고….

이러다가 늙었다고 그이에게 버림이라도 받으면 어떡하나? 절대 그럴 수는 없었다. 지금은 그럴 수 없었다. 하지만 남자는 그렇게 생각하지 않았다. 그녀는 세월의 흐름을 비켜 가는지 여전히 아름다웠다. 간혹 자기가 나이가 많아서라며 스스로 던져 보는 말을 하기는 해도 그것은 그녀의 자격지심이라고 생각했다. 50 중반이라는 나이가 믿어지지 않을 정도였다. 아이들도 젊어 보이는 엄마와 같이 다니는 것이 마냥 좋기만 한 것은 아닌지 때로는 엄마에게 옷 선물을 하며 이제는 너무 젊게 입지 말라며 노숙한 패션의 옷을 사다 주고는 했다. 아이들이 사 준 옷이라며 노숙하게 입고 나오는 날에는 그녀의 아름다움을 가리는 형편없는 패션이라고 남자는 생각했다.

그녀는 과감한 노출이 있는 패션을 멋지게 표현할 수 있는 여자였고 그것이 잘 어울리는 여자였다. 어깨선은 탄력적이고 깊이 파인 목선은 아름다웠다. 짧은 반바지라도 입고 나오는 날이면 마치 신이 내린 축복 받은 몸매를 보는 것 같았다.

그 남자 그 여자

12 혼자만의 여행

여자가 가족과 함께하는 시간이 의무였다면 남자도 여자와 함께하지 않을 때 자신만의 시간이 필요했다. 그녀를 만나지 않는 주말의 이른 아침, 전날 숙취로 인한 두통을 참아 가며 배낭을 챙겼다. 일상에서 벗어나 자유를 느끼고 싶으면 무작정 길을 떠나는 그였다. 전철역 입구에서 보이는 북한산 능선이 오늘은 유난히 아름다워 보인다. 능선에는 흰 눈에 하얗게 덮여 있었고 전철역은 출근하는 인파들로 북적였다. 복잡한 전철에 시달리며 매일 출근하는 고통에서 벗어나 있는 자신의 생활에 남자는 "다행이다."라는 생각이 순식간에 지나갔다.

서울 시내에서 벗어나 위치한 버스 터미널은 배낭을 매고 있는 여행객들로 복잡하였고 운행 노선표를 쳐다보던 남자는 안면도행 티켓을 끊었다. 혼자만의 여행은 눈에 보이는 모든 것들을 새롭게 하였다. 남자의 내면에 또 다른 자아가 깨어나는 것 같이 느껴지며 머릿속이 신선하였다. 또 다른 자아는 순수했다. 달리는 버스 안에서 보이는 차창 밖 풍경, 승객들의 낮은 대화, 중간마다 들리는 시골마을의 옛 정취를 느끼게 하는 간이 정거장 등을 지나며 마치 최면에 걸린 듯 남자는 일상에서 벗어나고 있었다. 여행의 감회를 느끼는 동안 버스는 안면도에 도착했다. 바닷가를 끼고 조성해 놓은 해변의 걷기 좋은 길을 크게 호흡하며 한참을 걷다 보니 두통도 사라졌다. 바지락을 듬뿍 넣은 시원한 칼국수 한 그릇으로 속을 달래 주고 만조로 밀려오는 파도가 부딪치기를 반복하는 선창가에서 서서 바람을 맞으며 상념에 젖어 있을 때 전화벨이 울렸다. "따르릉 따르릉" 그녀였다. 주말인데 불구하고 전화가 왔다.

"여보세요."

"응 자기야 어디야?

"어 바람 좀 쐬러 나왔어."

"어디로?"

남자는 혼자서 멀리 나왔다고 하면 이해를 못 할 것 같아서 또는 설명을 해야 할 것 같아서 싫었지만 그렇다고 거짓말하고 싶지는 않았다.

"어 여기 안면도"

"네?"

"누구랑요?"

"누구랑은 아니고 혼자서"

여자는 믿지 못하겠다는 말투였고 그런 그녀에게 애써 설명하는 것이 남자는 소모적이라고 생각했다.

"그럼 지금 내가 그리로 갈게요." 여자의 말투는 신경질적이었다.

"아니야. 그럴 거 없어. 7시 차로 올라가려고 했는데 지금 올라가지 뭐. 차 시간이 3시 반 차가 있는 것 같으니까 서울 도착하면 여섯 시 약간 넘으면 도착할 것 같아. 터미널서 보자고."

"거길 어떻게 가야 해요?"

여자는 자기가 사는 동네에서만 다녔지 다른 곳은 찾아 다닐 이유가 없는 여자였다.

남부터미널도 찾아오지 못해서 물어봐야만 하는 여자

에게 힘든 걸음을 걷게 하는 것 같았다. 지금 오지 말고 다음에 만나서 이야기하자고 말하고 싶었지만 그녀의 오해를 풀어 주기 위해서라도 당장 만나지 않으면 안 된다는 것을 남자는 알고 있었다. 남자는 여자가 의심하는 나쁜 짓을 하지 않고서 그런 짓을 하다 들켜 변명을 해야 하는 처지에 놓이게 되었다. 하지만 여자의 기분을 이해는 할 수 있었다. 만나서 잘 설명하고 오해 없게 해야지 마음 아프게 하고 싶지는 않았다. 서울로 올라가는 버스 안에서 오전의 감흥은 깨어지고 날카롭게 긴장하는 본연의 자아가 남자의 마음을 장악했다. 남부터미널은 퇴근 시간과 겹쳐 많이 혼잡했다. 그녀가 어디서 지켜보는 것 같았지만 보이지 않았다. 어디 숨어서 나를 쳐다보고 있는지도 모르겠구나 하고 남자는 생각했다. 기분이 씁쓸했지만 남자는 여자에게 전화를 걸었다.

"당신 어디야? 사람이 많아서 복잡하니까 전철역 3번 출구에서 만나."

"알았어요." 여자가 대답했고 잠시 후 그녀를 만났다. 여자는 생전 와 보지 않은 낯선 이곳을 찾아왔다. 서울의 끝에서 끝까지 주말에 전철로 혼자 오기도 쉽지 않았

그 남자 그 여자

을 것이고 오는 동안에 이 남자가 자기를 만나지 않는 주말에는 다른 여자와 같이 있는 것은 아닐까 하는 의심의 마음을 가지고 생각하며 이곳까지 찾아왔을 생각을 하니 초라하고 안쓰럽게 느껴졌다. 남자는 약간 높은 목소리로 장난스럽게 말했다.

"아이고, 날 못 믿어서 여기까지 행차하셨어요." 여자는 약간 부어 있었다.

"아니 왜 터미널 하차장에서 누구랑 내리는지 지켜보지 그러셨어요?"

여자는 대꾸했다.

"무슨 여행을 혼자 다니는 사람이 어디 있니?"

"당신이 몰라서 그러는데 혼자 다니는 사람들도 많거든요. 당신은 가족들과 여행을 다니지만 그게 전부는 아니에요."

남자는 설명을 하고 싶지 않았다. 화제를 다른 곳으로 돌리고 싶었다.

"뭐 좀 먹으러 가자 배고파."

여자도 더 이상 뭐라고 말하지 않고 잠자코 있었다. 그나마 다행인 것은 그녀는 좋아하거나 맛있는 음식이 앞에 있으면 기분이 좀 풀어진다는 것이다.

소 곱창 굽는 냄새가 고소하게 퍼지는 곱창골목의 한 집에서 그녀와 자리를 잡고 앉았다.

가게 안은 흰색 와이셔츠 차림의 회사원들이 대부분이었다. 곱창을 한 접시 주문하고 남자는 말했다. "아니 토요일 저녁인데 이렇게 나와 있어도 되나?"

몇 년 동안 사귀어 오면서 약속도 없이 이렇게 뛰쳐나오는 적은 별로 없었다.

"몰라 자기가 이상한 짓 하니까 그렇지. 아이들한테는 엄마 아는 언니 만난다고 나왔어."

"남편은?"

남자는 말하면서도 주제넘게 쓸데없는 걱정을 한다고 생각했다.

"갑자기 출장을 간다고 해서 나왔지. 애들은 각자 볼일 보러 나가고."

남자는 얘기를 듣고 이상한 듯 생각했다.

"바람피우나? 무슨 출장을 시도 때도 없이 다니나?"

"몰라 그러든지 말든지. 신경 쓰고 싶지 않아."

남자는 주문한 곱창을 먹음직스럽게 잘 구웠다. 여자

그 남자 그 여자

는 처음 먹어 보는 음식이라고 말했지만 그래도 먹을 만한지 잘 먹고 있었다. 돌아가는 전철 안은 토요일 밤이어서 많이 혼잡하지는 않았다. 이 전철의 마지막 정거장에서 여자는 내려야 하고 그 중간에 남자가 먼저 내린다.

마침 자리가 비어서 그녀를 앉히고 잠시 후 그 옆자리에 자리가 나서 남자가 앉았다. 남자는 여자의 손을 살며시 잡았다. 마주 잡은 여자의 손에 살짝 힘이 쥐어졌다.

"내일은 일요일이니까 쉬고 월요일에 같이 있을까?" 남자가 말했다.

"네." 여자는 순순히 대답했다.

유원지를 끼고 있는 장흥산 중턱의 드라이브하기 좋은 길은 경치가 아름다웠다. 갖가지 음식점들이 즐비하게 들어서 있었고 숯가마 찜질방, 숙박업소 등이 산재해 있었다. 두 사람은 좁은 산속의 길을 구석구석 뒤지고 돌아다니다 인적이 없는 산 끝자락의 모텔 앞에 도착하였다. 정사각형의 회색빛 커다란 건물은 너무 후미진 곳에 위치하고 있어서인지 스산하고 썰렁해 보였다. 남자는 마음에 썩 들지는 않았지만 더 이상 돌아다니기도 그렇고 둘의 용무를 보는데 그깐 것이 뭐가 중요한가 스스로 생각하며 마당의 주차장에 주차를 하였다. 주차장에는 대여섯 대의 차량이 주차되어 있었다. 그래도 드나드는 사람의 인적이 전혀 없으니까 마음 편한 걸음으로 두 사람은 입실을 하였다. 실내도 마찬가지로 특별한 인테리어는 없었다. 건물 자체가 오래된 건물인 것 같았다. 하지만 두 사람이 사랑의 행위를 하기에는 아무런 부족함이 없었다.

달콤한 속삭임, 맨살에 닿는 매끈거림과 부드러움, 바글바글 끓어넘쳐 버리는 듯한 머릿속의 아뜩한 어지러움, 셀 수 없이 반복되는 절정에 두 사람은 기절하고 깨어나기를 수없이 반복했다. 남자가 웃으며 말했다. "당신 왜 이렇게 많이 하는 거야?"

"모르겠어. 한창나이 때도 이 정도는 아니었는데 자기가 빨리 안 하고 계속 움직이니까 나도 자꾸만 그게 오는 것 같아. 자기와 하고 나면 한 일 년은 안 해도 될 것 같아."

"그래서 자주 안 만나 주는 거야? 일 년 치를 한꺼번에 해서?" 두 사람은 웃었다.

"오늘도 한 달 만에 하는 거잖아. 나는 열흘에 한 번 정

그 남자 그 여자

도가 적당한 것 같은데."

"자기야 미안해. 요즘에 집에 일이 많아 큰아이 결혼 얘기가 있어서 전같이 시간을 내기가 어려워. 자기가 이해해 줘 큰아이 결혼식 마치면 전처럼 매일 만나. 응? 알았지?"

남자는 하는 수 없다고 생각했다. 자녀 결혼 때문에 그렇다고 하고 그 일이 끝나면 전과 같이 매일같이 있을 수 있다고 하니 기다릴 수밖에 그렇게 일을 마치고 건물 현관문을 열고 나오는데 주차장에 세워 논 승용차 주변을 살피듯이 둘러보는 여자가 있었다. 순간적으로 "저 여자가 저기서 뭐 하는 거지?" 하는 생각이 들었지만 청소하는 아줌마가 주변을 청소하는 것이라 짐작을 하고 지나쳐 버렸다. 찜찜한 기분으로 차를 몰고 산길을 내려가는데 "혹시라도" 하는 생각이 들었다.

남자는 그녀와 만남을 가질 때 서로를 보호하는 차원에서 주변을 살피는 행동이 몸에 배어 있었다. 둘이서 차로 여기저기 돌아다니다가 문득 생각나면 따라오는 차는 없는지 후방을 살펴보기도 하고 사람 많은 백화점이나 시내를 돌아다닐 때 철없는 그녀가 손을 잡거나 팔짱을 끼며 남들을 의식하지 않고 행동할 때에는 남자가 절제를 시키곤 하였다. 그렇게 의식적으로 살펴보는 남자의 눈에 모텔 청소원 아줌마의 행동은 무엇인지 모르지만 의심스러웠다.

그렇게 길지 않은 구불구불한 산길을 돌아 내려가는데 아주 낡은 승용차 한 대가 산길 모퉁이에서 차의 앞머리 부분을 아주 조금 내밀고 우리를 쳐다보고 있는 것이 느껴졌다.

남자는 머릿속이 번쩍하며 긴장을 하였다. 저것이구나 정체를 알 수 없는 놈들이 우리에게 무언가 해를 가하려고 하는구나 남자는 직감적으로 알 수 있었다.

13 보이스 피싱

남자는 우선 우리를 쫓는 놈들인지 먼저 확인해야 했다. 산길을 벗어나기 전, 한 번 더 구부러진 산모퉁이에 정차할 수 있는 공간이 있었다. 차를 돌려 정면을 보게 세우고 여차하면 뛰쳐나갈 수 있게 한 다음 그놈들이 따라오는지 기다렸다. 여자는 무슨 일인지 영문을 모르고 말했다.

"자기야 왜 그래?"

"응. 아무것도 아니야. 잠깐 있어 봐."

잠시 후 베이직 색 고물차는 예상대로 두 사람의 뒤를 쫓아왔다. 그러나 이번에는 반대로 이쪽에서 차를 돌려 세우고 그들이 쫓아오는 것을 쏘아보고 있으니 그들도 엉겁결에 당황하는 것 같았다. 고물차는 굉음을 내며 혼비백산하여 쏜살같이 달려 나갔다. 이번에는 남자도 재빠르게 그들의 뒤를 쫓았다. 이윽고 큰길이 나오자 고물차는 정신없이 우회전하여 도망하였고 두 사람이 탄 대형 고급 세단은 좌회전하여 미행하는 놈들을 따돌렸다. 가면서도 뒤를 살펴보았지만 더 이상 미행의 느낌은 없었다. 그녀를 안전하게 집 근처까지 배웅해 주고 돌아오며 어떤 놈들일까 하고 여러 가지 가능성을 염두에 두고 생각을 하다가 집에 도착하여 잠시 다른 일을 하고 있는데 그녀에게서 전화가 왔다. 수화기에서 들려오는 그녀의 목소리는 몹시 격앙돼 있었다.

"자기야, 나 지금 경찰서에 와 있어."

순간적으로 남자는 교통사고라도 난 걸까? 하는 생각도 들었지만 무언가 더 어려운 상황에 놓인 것 같은 생각도 들었다. 수많은 짐작과 예상이 찰나적으로 스쳐 지나갔다. 그러나 정확하게 짐작되는 것은 하나도 없었다. "무슨 일이야?" 남자도 깜짝 놀라 되물었다. 여자가 대답했다.

"전화가 울려서 봤더니 모르는 번호가 뜨는 거예요. 누구지? 하고 무심코 받았는데 처음에는 아무런 말도 안 하고 끊는 거예요. 그래서 잘못 걸린 전화인가 보다 하고 생각했는데 잠시 후 다른 번호로 전화가 또 오는 거예요. 이번에도 전화를 받는데 어떤 남자가 대뜸 이상한 말을 하는 거예요. '당신이 한 짓을 잘 알고 있다. 어린 남자와 모텔에서 나오는 것도 다 보고 사진도 있다.' 그래서 내가 신경질적으로 누구냐고 물어봤죠. 대답은 안 하고 딴소리만 하길래 전화를 끊었더니 계속 전화를 하면서 욕지거리를 해 대는 거예요. 그래서 경찰에 신고하겠다고 하고 끊고 자기에게 전화를 하는 거예요." 남자는 이야기를 다 듣고 나서 아주 지독하게 험한 꼴을 당하게 생겼구나 하는 생각이 들었다. "전화번호를 어떻게 알았을까?" 여자에게 말을 하는 동시에 남자는 모텔의 청소하는 아줌마가 떠올랐다. "아 그 청소하는 아줌마가 차에 적힌 당신 전화번호를 수집하여 일당에게 넘긴 모양이구나. 하여간 거기 어디 경찰서야 내 지금 당장 그리로 갈게."

"○○ 경찰서요."

"응 알았어. 금방 갈 테니 조금만 기다려 너무 걱정하지 말고." 남자는 수화기를 내려놓았다.

험한 세상의 물정을 하나도 모르는 그녀에게 누구도

상상할 수 없는 추악한 일을 경험하게 하고 또 어떡해야 이 문제를 해결할 수 있을 것인가를 동시에 머릿속에 떠올리니 당장 아무런 해결 방법이 떠오르지 않아 속이 울렁거리고 가슴이 답답하였다. 남자는 다급한 마음으로 집에서 뛰쳐나와 도로를 달리는 택시를 불러 세웠다. 그러나 남자가 살고 있는 시의 경계 지역에서는 시내로 진입하려는 택시만 지나다녔고 시외 지역으로 벗어나는 빈 차는 좀처럼 잡히지 않았다.

어렵게 시간을 끈 후에 잡아탄 택시는 그나마 다행히도 쏜살같이 목적지를 향해 내달렸다. 생각했던 것보다 일찍 도착한 남자는 경찰서 안으로 들어가며 그녀에게 전화를 했다.

"어. 나 지금 도착했어."

"네, 알았어요. 건물 현관 안으로 들어오세요. 민원실 앞에 있어요."

남자는 현관의 계단을 올랐다 현관 유리에 비춰지는 남자의 모습은 집에서 편하게 입는 허술한 복장에 샌들 차림이었다. 그녀는 경찰서 통로의 한 귀퉁이에서 젊은 여순경과 서서 대화하고 있었다. 젊은 여순경은 들어오

그 남자 그 여자

는 그녀의 남자를 인식하면서도 쳐다보지는 않은 채 상담을 이어 나가고 있었다. 그녀의 프라이버시를 존중해서인지 복잡한 경찰서 사무실이 아닌 통로 한 귀퉁이에서 누구도 사건의 내용을 엿들을 수 없는 이곳에서 상담을 하는 것 같았다. 여경은 말했다. "보이스 피싱 범죄의 한 수법인 것 같아요. 요즘에 너무나 많은 종류의 수법으로 피해가 발생하고 있어요. 그렇다고 발신전화를 추적해서 그들을 잡기에는 현실적으로 불가능해요. 전화 회선도 국내가 아니고 외국에 거점을 두고 있는 경우도 많고요." 남자는 이야기를 들으며 모텔 청소부로 보이는 여자가 차량 주변을 어슬렁거렸던 것과 우리를 미행하려 시도한 일당이 있었던 것 등에 대해서는 여경에게 말하지 않았다. 그 이야기를 하면은 두 사람의 은밀한 이야기도 함께 해야 될 것 같았기 때문이다. 말하지 않아도 짐작으로 알 수 있는 상황을 굳이 자진해서 말하고 싶지 않았다. 뾰족한 수가 있어서 그들을 검거할 수 있는 방법이 있는 것도 아닌데 그녀가 너무나 황당하고 답답한 마음에 신고를 하기는 했지만 여경과의 상담은 그냥 상담으로써 그 이상은 되지 못했다. 두 사람은 사건을 그렇게 접수하고는 경찰서를 빠져나왔다. 남자가 말했다.

"그러니까 모텔 주차장에서 어슬렁거리던 여자가 차에 적혀 있는 전화번호를 수집했고 그 일당들이 미행으로 추격을 해서 집까지 확인한 후에 작업을 하는 수법이었나 봐."

"앞으로는 차에다 전화번호 두고 다니지 말아야겠네." 그런 말을 하는 순간에도 전화번호가 박혀 있는 숫자 판은 자동차 대시보드에 붙어 있었다. "우선 저것부터 치우자." 남자는 번호를 떼어 버렸다. "경찰이 사건을 해결하지도 못할 것 같은데 당신 핸드폰 번호를 변경하면 되지 않을까?"

여자가 대답했다. "평생 사용하는 번호라서 그럴 수는 없어요."

"지금 전화번호로 나에게 연결되어 있는 사람들이 너무 많이 있어서 어려워요."

두 사람은 상황을 조금 더 지켜보기로 하고 다음 날을 기약했다. 다음 날 여자는 평상시와 같이 에어로빅을 마치고 차에 들어와 핸드폰을 들여다보았다. 시간은 정오를 가리키고 있었다. 남자를 만나 사귀기 전 같았으면 운

114   그 남자 그 여자

동을 같이한 엄마들과 점심 먹고 차 마시고 수다 떨다가 귀가하는 일정이었지만 지금은 그이를 만나러 가야 하는 것이 일정이 되어 있다. 그때 전화벨이 울렸고 모르는 번호였다. 여자는 가슴이 두근거려 전화를 받지 않았다. 전화벨은 잠시 후 다시 울렸다. 여자는 망설이다가 전화기의 통화 버튼을 눌렀다. 낯선 남자의 음성이 수화기에서 흘러나왔다.

"아줌마 왜 전화를 안 받고 그래." 남자는 대뜸 반말이었다.

"누구세요?"

"누구기는 아줌마 모텔에서 젊은 남자와 나오는 것 사진 다 있고 집도 다 알고 있는 사람이야."

여자는 그런 말을 듣자 갑자기 신경질이 났다.

"왜 그러는 거예요? 원하는 게 뭐예요?" 여자는 목청을 높여 소리쳤다.

"또 전화할 테니까 전화 잘 받으라고." 하며 남자는 전화를 끊었다.

이쪽에서 전화를 하면 "연결할 수 없는 번호입니다."라는 메시지만 들려온다.

잠시 후 여자는 남자를 만났고 또 이상한 전화가 걸려온 것에 대해 말했다. 남자는 잠시 생각을 하더니 "집을 안다는 것은 거짓말이야. 왜냐하면 그날 우리를 미행하는 차를 내가 따돌렸으니 집을 알 수는 없어. 그리고 계속 전화가 오면 스트레스가 심해지니까 번호를 바꾸자. 내가 알아봤는데 전화번호를 앞자리나 뒷자리만 변경하면 당신 전화기에 저장되어 있는 사람들에게만 바뀐 번호가 자동으로 안내되고 연결되는 서비스가 있다고 하더라고 그렇게 되면 스팸 전화는 연결이 될 수 없는 거지. 그러면 끝이야 문제 해결이지 앞으로 각별히 조심해서 행동하기만 하면 되는 거지." 다행히도 보이스 피싱 사건은 그렇게 간단하게 해결되었다. 그 뒤로 여자는 남자를 만날 수 있는 시간이 점점 더 없어졌다. 왜냐하면 큰아이에 이어 작은아이도 결혼 상대를 데리고 왔기 때문이다. 한 해에 두 아이의 혼사를 치르다 보니 상견례도 두 번해야 되고 혼수 준비도 두 배로 해야 한다. 잠깐 쉴 틈에 그이는 지금 어디서 무얼 하는지 궁금하고 생각나기도 하지만 아이들과 혼수장만하는 데 집중하다 보면 생각의 끈이 끊어지기 일쑤였다. 남자도 매일 만나던 그녀를 만

116   그 남자 그 여자

나지 못하게 되자 그녀와 같이 있던 시간만큼 공백의 시간이 생겼다. 본인의 계획이나 의지와 상관없이 생기는 시간의 공백은 메꾸기가 쉽지 않았다. 책을 읽어도 예전처럼 쉽게 몰입하지 못하였고 그녀에게 전화라도 걸어보면 무엇을 하는지 받지 않는 경우가 많았다. 지나치게 여자를 향해 치우쳐 있는 그동안의 시간과 마음을 통제하고 조절해야 할 때라고 생각했다. 새로운 리듬이 필요했다. 남자는 만나지 못했던 친구들과 만나기도 하고 산행이나 낚시도 다녔다. 그녀와 함께 하느라 하지 못했던 그런 것들로 새로운 생활의 리듬을 찾으려 노력하였다. 소홀히 했던 생계를 위한 호구지책도 좀 더 열심히 하기로 했다. 그녀의 두 자녀 혼사로 인한 약간의 쉼표 같은 시간이 지나가면 다시 전과 같이 좋은 시간을 같이할 수 있을 것이다. 그러나 아무리 바쁘더라도 전화기에서 수신 확인을 했으면 당장은 아니더라도 짬 날 때 답장을 해야 하는 것 아닌가? 그런 점이 남자에게는 아쉬웠다. 그녀가 남자에게 전화를 할 때는 주변에 아무도 없을 때이다. 그럴 때 편안하고 안정감 있게 남자에게 집중하여 대화를 나눌 수 있었다. 주로 사윗감에 대한 이야기를 많이

하는데 두 사윗감 모두 집안이 크게 사업하는 집안이라
며 자랑하는 투로 말을 하기도 하고 큰애는 어떻게 만났
고 작은애는 어떻게 만났고 얼마를 사귀다 결혼을 하기
로 했다 뭐 이런 종류의 이야기였다. 그러다 남자가 "보
고 싶다."라고 마음을 던지면 다음 날이나 그다음 날 여
자는 시간을 내어 남자를 만나고 들어갔다. 아니 여자가
남자에게 전화를 하는 날은 말은 하지 않아도 나올 수 있
다는 신호 같았고 나올 수 없는 날은 남자가 아무리 전화
해도 연결되지 않았고 문자를 보내도 답신이 없었다. 한
동안 시간은 그렇게 흘러갔고 남자도 이제는 새로운 시
간표의 리듬에 익숙해지고 있었다. 하고 있는 자영업도
좀 더 열심히 했고 정기적인 산행의 모임에 가입을 하여
장거리 산행에 즐거움을 갖기도 했다.

그 남자 그 여자

14 임신

여자는 자녀의 혼사를 준비하면서 자신의 일탈에 대하여 생각을 했다. 그녀는 자기 혼자만의 몸이 아니다는 것을 새삼스럽게 느끼고 있다. 사실 남편이야 아무래도 상관없다. 어차피 각자 사는 인생이니까 과거를 돌이켜보면 지금 같이 살아 주는 것만으로도 그는 고마워해야 할 것이다.

그러나 아이들은 다르다. 자신의 사생활로 인하여 아이들에게 피해를 주면 안 되는 것이다. 그 사람과의 관계가 댄스 홀에서 공개적인 만남을 갖는 것이고 그쪽의 마니아라면 둘 사이가 파트너라는 것을 모르는 사람이 없는데 아이들 결혼으로 인하여 사위, 사돈, 며느리 의식해야 하는 식구들도 늘어났고 더구나 예식장에는 수많은 사람들이 모이는 곳인데 혹시라도 알아보는 사람이 있어서 쑤군거리기라도 하면 어쩌나 하는 걱정이 되었다. 혼사를 무사히 마칠 때까지 행동을 조심하고 그이와의 만남도 신중히 해야겠다는 생각했다. 그렇게 몇 개월이 흘렀고 자녀들의 혼사는 아무 문제없이 잘 해결되었다. 연달아 있는 혼사 일정이어서 정신없이 바쁘기는 했지만 무사히 치르고 나니 몸도 마음도 편안해졌다. 아이들은 신혼 집을 지금의 집에서 가까운 곳에 장만했다. 근처에 새로 지은 아파트 분양이 있어서 모델하우스를 보고 오더니 다른 곳으로는 가지 않으려고 했기 때문이다. 시집들을 갔어도 아이들은 친정집으로 출근하듯이 하였고 사위들도 직장이 끝나면 자기네 집으로 가지 않고 여기에 모여 밥 먹고 놀다가 잠잘 시간이 다 되어서야 돌아갔다. 그러던 어느 날 그날도 아이들은 모여서 놀다가 저녁으로 고기를 구워 먹는다고 북새통을 떨고 있었다.

고기 굽는 냄새가 구수하게 집 안에 퍼졌고 잠시 후 사위들이 구운 고기를 접시에 담아 푸짐하게 차려 냈다. 식구들은 다 같이 둘러앉아 식사를 하기 시작했다. 그녀도 고기를 한 점 집어 입에 넣으려는 순간 속에서 울컥하는

그 남자 그 여자

메스꺼움과 구역질이 느껴졌다. 그때 큰아이가 먼저 구역질을 했고 이어서 작은아이도 구역질을 했다. 그녀는 덩달아 올라오는 구역질을 가까스로 참아 내며 찬물을 한 모금 마셨다. 식구들은 큰아이와 작은아이의 입덧에 신경을 쓰느라 그녀의 상태는 눈치채지 못했다. 비슷한 시기에 결혼한 두 자녀는 임신 시기도 별 차이 나지 않게 했다. 그러나 그녀는 자기 자신조차 아직은 정확히 알 수 없었다. 다음 날 테스트기로 임신 여부를 확인해 보았다.

설마 임신일까 믿고 싶지 않았지만 테스트기는 임신을 나타내고 있었다. 이루 말할 수 없는 번뇌가 머릿속을 채우며 가슴이 답답하였다. 여자는 생각을 해 보았다. 우선 남편의 아이는 아니었다. 그 남자를 만난 이후로 남편과 한 이불에서 자는 것을 삼갔다. 나이 들어 숙면을 핑계로 옆방에서 자기로 했고 남편도 싫지 않은 듯 좋다고 했다. 그렇다면 그 남자의 아이이다.

그 남자와 규칙적으로 사랑을 나누며 지내 온 세월이 어느새 5년이다. 처음 관계를 시작할 때는 지금보다 젊기도 했고 욕구가 왕성했던 만큼 임신의 가능성도 높을 것 같아서 스스로 적극적 피임을 했다. 그러다 그 남자와의 섹스가 정기적으로 이루어지고 익숙해지면서 피임에 대한 생각 없이 관계를 갖는 경우가 많아졌고 그러한 것이 반복되면서 임신 가능성에 대하여 느슨하게 생각을 하게 되었다. 이제는 그녀도 나이가 있고 하여 임신은 안 되는 모양이구나 하고 생각한 그녀였다. 그런데 임신이 된 것이다. 그녀의 나이 56세였다. 그 사람에게 연락을 하고 싶었다.

남자는 경기 인근 조용한 계곡형 저수지에서 낚싯대를 드리우고 앉아 있다. 하늘도 푸르고 산도 푸르고 물도 푸르렀다. 백지장같이 푸른 수면에 노란 점 하나 무심히 띄워 놓고 면벽 좌선하는 듯 몰입하고 있다. 무생명체의 띄워 놓은 막대 점 하나에 마치 생명이 깃들어 꿈틀거리고 움찔거리고 누가 뭐라 하지 않는데도 위로 아래로 스멀스멀 움직이기라도 할 때면 조사의 심장이 쿵쾅거린다. 남자는 팔뚝만 한 향어 한 수를 해 놓고 살림망을 살펴 맑은 물에서 유영하는 아름다운 자태를 잠시 감상하고는 그녀를 생각한다. 주말을 제외하고 매일 만나던 그녀를 지금은 만나지 못한다. 전화는 안 받는다. 같이 있을 때에도 전화는 가방에 넣어 두고 신경을 쓰지 않는 편이라

　　　　　　　　　　　그 남자 그 여자

집에서 전화를 해도 모르고 나중에 확인하면 전화를 하는 그런 편이다. 문자를 해도 답장이 없다. 자녀들의 결혼 문제로 바쁠 것 같다며 전처럼 만나지 못하더라도 이해하라며 들어간 지 6개월째이다. 남자는 만나는 것만 어려운 것이지 전화나 문자로는 서로 연락을 주고받을 수 있는 게 아니냐 하고 생각했다. 그런데 그렇지 않았다. 처음 한두 달은 나중에 전화나 문자가 확인되면 답장도 오고 갑자기 자기 시간에 공백이 생기면 보고 싶다며 즉석에서 만남을 갖기도 했다. 남자는 그런 불규칙한 만남들이 편하지 않을 때도 있었지만 그런 것들을 이해하며 만나는 것이 상대방을 존중하고 배려하며 만나는 것이라 생각하여 싫지 않았다. 그러나 지금처럼 계속 연락이 전혀 되지 않는다면 그것은 문제가 있는 것이다. 남자의 생활에서 여자가 차지하고 있는 비중은 삶의 전부였다. 남자에게는 지켜야 할 가정이나 기타 그 무엇도 없었다. 처음 그녀를 만나 호감을 느끼고 사랑을 나누고 이후로 항상 같이 돌아다니며 그녀와 같이하는 것이 그의 삶이었다. 그녀가 없는 삶에 대해서는 생각해 보지도 않았다. 그녀는 말했다. "지금은 이렇게 만남을 갖지만 몇 년만 기다리면 아이들은 다 결혼해서 나가고 남편도 자기 좋아하는 고향으로 돌아가 버린다고 했으니 그때가 오면 작지만 예쁜 집을 마련해 우리 같이 살자."

"아니 남편 따라 같이 가야 하는 거 아닌가?"

"아니야. 난 안 간다고 얘기했어. 남편도 혼자 가겠다고 했고 시골 가면 자길 좋아하는 사람들이 많아서 잘 살 수 있다고 했어."

"자기야말로 나랑 살다가 내가 나이 많다고 날 버리면 안 돼. 그러면 난 어떡하니?"

"알았어. 그럴 일 없어."

두 사람은 몇 년 후 같이 주택을 마련하고 살림을 장만하여 편안하고 아늑한 신혼의 달콤한 꿈을 상상하며 기분이 좋아지고는 했다. 그랬던 그녀였다. 그런 그녀의 일방적인 연락 두절은 남자에게 마치 테러를 당한 듯한 충격이었다. 사람의 행동은 습관적이다. 남자와 여자의 어울림을 목적으로 존재하는 댄스홀은 그녀를 만나는 동안 혼자서는 가지 말아야 할 곳이라는 남자의 규칙이 있었다. 그러함이 교제하는 상대에게 믿음과 신뢰가 되고 그것을 바탕으로 사랑이 이루어져 쌓인다고 생각했다. 그

그 남자 그 여자

녀와의 연락이 두절되고 상대에 대한 믿음과 신뢰, 부정과 긍정의 경계에 서서 홀로 남은 남자는 절제를 잃고 습관적으로 집을 나간다. 6개월 전만 해도 항상 그녀와 손잡고 다니던 그들만의 문화였다. 지금은 남자 홀로 어두운 홀 아찔한 고음의 음악 소리와 휘황찬란한 조명 아래 많은 남녀들과 섞여 한 귀퉁이에 서 있다. 그때, 누군가가 뒤에서 남자의 정강이를 자신의 무릎으로 툭 건드리며 소리쳤다.

"오빠!"

남자가 놀란 얼굴로 뒤돌아보니 몇 년 전만 해도 좀 알고 지내던 예쁘장하게 생긴 동생이었다.

"어! 오랜만이네."

"도대체 얼마 만에 나오신 거예요? 하도 안 보이시길래 궁금했어요."

"그랬어?"

남자는 오랜만에 만나서 반갑게 대하는 그 동생이 덩달아 반갑고 고맙게 느껴졌다. "오빠, 오랜만인데 저 춤 좀 잡아 주세요" 그녀의 부탁으로 두 사람은 춤을 추었다. 그녀의 키는 163 정도이며 미끈하게 잘 빠졌고 허리

는 날씬했으며 홀딩에서 전해져 오는 그녀 몸집의 볼륨
은 튼실하였다. 항상 파트너인 나의 여자와 한결같은 스
타일의 춤을 추다가 너무나 오랜만에 다른 여자와 색다
른 느낌의 춤을 추다 보니 춤이란 다른 사람과 번갈아 가
며 출 때 그 매력이 더해진다는 것이 새삼스럽게 느껴졌
다. 그 동생도 남자와의 춤에 만족하는지 그만 멈추자는
말도 없이 두 시간 정도 열심히 땀 흘리며 동작을 하더니
"오빠, 식사하고 가세요."라며 남자의 발목을 잡았다. 두
사람은 횟집 식당으로 들어가 자리에 앉았다. 여자는 회
한 접시를 시키고 남자에게 술을 따르며 말했다. "저도
오랜만에 홀에 나왔는데 오빠를 만나서 정말 재미있게
운동했어요. 오늘은 운이 좋은가 봐요. 어떤 날은 잘하는
남자가 없어서 제대로 운동도 못하고 들어갈 때도 많은
데…." 여자는 그러면서 술잔을 들어 남자의 잔에 부딪치
고는 단숨에 한잔을 비워 버렸다. 남자도 가볍게 한잔 마
시고 서로의 잔에 새로 술을 채웠다.

　이윽고 먹음직스러운 붉은 살의 참치 회 한 접시가 차
려졌고 두 사람은 주거니 받거니 하면서 술을 마셔 댔다.
여자는 술을 마시며 연신 오빠의 춤 솜씨에 대하여 찬양

하였고 남자도 술 기운이 돌자 그녀의 가벼운 칭찬에 속 없이 기분은 좋아지고 있었다. 남자는 내친김에 그녀에게 말했다.

"시간 있으면 2차로 밤에 하는 댄스홀에 가서 한 번 더 할까? 바쁘면 다음 기회에 보고…."

"좋아요. 오늘은 시간 있어요. 데려가 주세요."

두 사람이 횟집에서 나오자 밖은 벌써 컴컴해져 있었다.

그날 만난 여자가 예쁘기도 했지만 사교성 있고 친근 하게 다가오는 것이 남자에게 기분 좋아지게 하였고 술 김에 무심코 제안한 "2차 가자."라는 말을 여자가 받아들 일 것이라고 생각지 않았는데 흔쾌히 응하는 것이 남자 에게 약간 당황스러웠다. 남자는 남자의 그녀와 종종 다 니던 댄스홀로 오늘 만난 예쁜 동생을 데리고 입장하였 다. 골프웨어 차림의 늘씬한 그녀와 훤칠한 키의 미남자 가 홀에 들어서자 여기저기서 쳐다보는 사람들의 시선 이 느껴졌다. 남자는 순간 파트너인 나만의 그녀가 떠올 랐지만 애써 외면하며 예쁜 동생과 깜깜한 홀의 웅장한 스피커 앞에서 고막이 터져라 울리는 음악 소리에 맞춰 온몸에 전율을 느끼며 춤을 추었다. 간간이 우리를 쏘아

보는 눈빛이 느껴지고는 했지만 남자는 개의치 않았다. 한 시간가량 운동을 하니 여자가 지친 내색을 하여 커피 숍에 들어가 차를 한잔 마시고 일어나서 홀 출구로 사람 들 사이를 헤치고 나가는데 여자가 갑자기 남자의 팔짱 을 끼며 몸을 바싹 밀착시키고 애인이라도 되는 듯 길을 따라나섰다. 두 사람은 같은 방향으로 가는 전철을 탔다. 여자의 집은 잠시 후면 내리는 가까운 곳이었고 남자는 한참을 더 가야만 했다. 전철은 한가했고 금방 자리가 나 서 여자를 앉히려고 했으나 오빠가 집이 머니까 앉아서 가라며 남자에게 양보를 한다. 남자가 앉았고 여자가 남 자 앞에 섰다. 여자로서 늘씬한 몸매를 가진 그녀는 한 손으로는 전철의 손잡이를 잡고 남자를 쳐다보며 배시시 웃고 있었다. 그러더니 무슨 말을 할 때마다 예쁜 몸을 배배 꼬며 비음 섞인 말투로 앉아 있는 남자의 정면에 서 서 대놓고 유혹을 했다. 남자는 순간적으로 마음이 끌렸 다. 이 여자와 같이 갈까? 생각하는 순간 들고 있는 핸드 폰에 벨이 울렸다. 그녀였다. 남자는 당황했다. 평소 연 락도 잘 안 되던 사람이 밤 9시가 넘은 시간에 전화가 오 다니 수상했다. 남자는 앞에서 궁뎅이와 허리를 비틀며

그 남자 그 여자

신호를 보내는 여자를 무시하고 자신의 여자라 생각하고 있는 그녀의 전화를 받았다.

15 변하는 그녀의 모습

"여보세요?"

신경질적인 여자의 목소리가 들렸다.

"어."

"지금 어디야?"

"볼일 좀 보러 나왔다가 들어가고 있어. 이 시간에 웬일이야? 전화도 잘 안 받는 사람이."

"지금 누구랑 있어? ○○ 댄스홀에서 못생긴 여자와 같이 있다는 거 다 알고 있어. 내가 지금 그리로 가는 길이니 거기 있어 나 좀 봐." 여자는 소리치듯이 말했다.

남자는 홀에서 이미 나와 집에 가는 길이라며 늦은 시간에 무리해서 그녀가 온다는 것을 말리려 했지만 여자는 이미 강변북로를 달리고 있다고 했다. 남자는 하는 수 없이 중간 지점에서 그녀를 만나기로 하고 눈앞에 있는 그녀에게는 미안하다며 다음에 기회 되면 다시 보자고 겉인사를 했다. 그녀는 아쉬워하면서 배배 꼬던 행동은 멈췄다. 남자는 그녀에게 전화를 하여 근처 한강이 내려다보이는 강변공원에서 만나기로 했다. 두 사람은 강변에 승용차를 주차하고 한강을 바라보며 대화를 하고 있다. 남자는 여자에게 설명하듯 열심히 말하고 있었다.

"당신에게 신경 쓰이게 해서 미안하지만 당신이 생각하는 것처럼 나쁜 짓 한 것은 아니야. 누가 당신에게 이르면서 뭐라고 말했는지 모르겠지만 아무런 사이도 아니고 그냥 심심해서 나갔다가 아는 동생을 만나서 같이 운동한 것뿐이야." 남자는 말하면서도 그렇게 변명하는 자신이 웃긴다고 생각했다. 오히려 그녀에게 당신이 예전같지 않고 항상 같이 있다가 바쁘다는 핑계로 연락도 잘 안 되고 나오지도 않으니까 문제가 생기는 게 아니냐 하고 큰소리쳐야 되는 것 아닌가 하는 생각이 들었다. 하지만 큰소리치며 여자의 마음을 아프게 하고 싶지 않았다. 그냥 미안하다고 하고 전처럼 매일 만나지는 못하더라도 주기적으로 만나고 싶다고 말하고 싶었다. 굳이 설명하지 않아도 여자가 남자를 소홀하게 방치하고 내버려 둔 것은 사실이었다. 여자도 집에 있으면서 아직 끝나지 않은 식구들 뒤치다꺼리를 하다 보면 이 남자 생각이 나지는 않았다. 그런데 막상 친구에게서 네 남자가 다른 여자와 춤추고 술 마시고 같이 팔짱 끼고 나간다는 전화를 받으니 순간적으로 눈에 불이 나는 것 같았다. 남편도 아이들도 집에 있는 시간이었지만 눈에 보이지 않았다. 여자는 급한 일이 생겼다며 자동차를 휘몰아치듯 하여 그 남자에게 달려갔다. 여자는 남자에게 아무런 연락이 없이 6개월이나 1년 정도 시간이 지나도 그 자리에 변함없이 지키고 있어 주었으면 하는 바람이 있었다. 그러면 주변 정리를 어느 정도 해 놓고 다시 전처럼 나올 수도 있겠다 하는 생각을 했었다. 하지만 그것은 그녀의 바람이었을 뿐 그녀 스스로가 남자에게서 떨어질 수 없다는 것을 깨달았다. "아직은 이 사람과 헤어질 수 없어." 그녀는 그렇게 결정짓고 마음을 다스렸다. 여자는 말했다. "자기야, 내가 안 나온 지 얼마나 됐다고 벌써 이러니?"

남자도 대답했다. "그럴 의도는 없었어 우연하게 그런 모습으로 비췄을 뿐이지 사실을 알고 보면 아무 일도 아니야." 여자가 말했다. "알았어. 아직은 자기와 헤어질 수 없어 그렇다고 집안일을 소홀히 할 수도 없고 일단은 아이들 결혼과 임신 등 여러 가지로 내 손길이 필요하니까 전처럼 매일은 안 되고 일주일에 한 번이나 두 번 정도는 만나자 그러면 되겠어?" 남자가 대답했다. "응, 알았어." 그렇게 두 사람의 만남은 꾸준히 이어졌고 처음처럼 뜨겁지는 않았지만 굵은 동아줄같이 튼튼한 관계가 된 것처럼 보였다. 남자도 혼자서 방황하기를 멈추었고 여자도 가정과 연인을 동시에 만족시키는 것 같았다.

그녀와 그녀의 남편 사이에는 부부간의 잠자리가 없었다. 그녀에게 애인이 생기기 전까지는 간혹 남편이 원하면 관계를 갖기는 했으나 그녀에게 남자가 생기고 각방을 쓰면서 관계는 점점 더 멀어져 갔다. 어쩌다 남편이 그녀의 침실로 들어와 관계를 시도할 때가 있었지만 그녀는 받아들이지 않았다. 강하게 거부함으로써 그 상황을 넘기곤 하였다. 그러던 어느 날 밤 남편이 침실로 들어왔다. 평소 건강 관리 차원에서 안 마시던 술 냄새까지 풍기며 그녀를 찾았다. 평소와 마찬가지로 강하게 거부하였으나 남편도 작정하고 강하게 들어와 그 완력을 도저히 이겨 낼 수 없었다. 그렇다고 남편이 불구 대천지원수도 아니고 해서 여자는 거부하기를 포기하고 아내가 되어 남편을 남자로 받아들이고 순응하였다. 그날따라 남편은 강하게 들이쳤다. 마치 여자에게 혼쭐을 내주겠다는 듯 강하게 들이쳤다. 여자는 아득하게 정신을 놓치면서 배 속에 작은 통증을 느꼈다.

매일 아침에 식구들 챙기고 절대 포기할 수 없는 스케줄이 오전 에어로빅 운동 시간이다.

지역 내의 문화센터 체육관에서 운영하는 에어로빅은 벌써 10년이 넘게 참여하는 고참 회원이다. 그만큼 실력도 뛰어나고 실력이 뛰어난 만큼 체력도 훌륭하였다. 경쾌한 최신 댄스 곡에 맞춰 아이돌이 추는 춤의 안무를 연습하여 한바탕 멋지게 공연하듯 춤을 추면 엔도르핀이나 도파민 같은 것이 엄청나게 분비되는지 말로 다 표현할 수 없는 기쁨의 전율 같은 것이 강하게 느껴지고 심장의 빠른 박동 소리도 활기차 그날 하루 힘찬 에너지의 근원이 되는 것 같았다. 그러나 오늘 아침은 전혀 그렇지 않았다. 몸도 무겁고 율동도 잘 안 되며 힘겹기 그지없었다. 그러다 갑자기 아랫배에 통증이 느껴지며 하혈의 기운이 비쳤다. 여자는 힘든 육신을 끌고 병원을 찾아갔다.

　산부인과 의사는 말했다. "임신 상태를 건강하게 유지하시기에는 고령이시라 자궁이 약해져 있어 유산이 된 것 같습니다. 일단 정밀 검사를 받아 보시고 수술을 하셔야 될 것 같습니다." 잠시 후 간단한 절차를 마치고 수술을 받았다. 몸의 컨디션은 엉망진창이었고 그저 빨리 집에 들어가 쉬고 싶은 마음뿐이었다. 그녀는 서글펐다. 낳을 수 없는 아기이긴 했지만 잠시 심어졌던 생명이 사라졌다는 것이 그녀의 마음을 아프게 했다.

　남자는 동네에서 가까운 지역의 산속에 있는 계곡형 저수지에서 낚시를 하고 있다. 어릴 적 친구이면서 지금도 한 동네에서 사는 친구와 가끔 나오는 조행 길이다. 친구는 물 좋은 이곳에서 월척의 꿈을 다지며 전투적인 낚시에 몰입하고 있다. 남자는 일렁이는 물결에 햇빛까지 반사되어 찌를 쳐다보기가 불편하여 먼 산을 멍하니 바라보고 있는 것 같았다. 그때 그녀에게서 전화가 왔다. 그 순간 남자는 반가우면서 이맛살이 찌푸려졌다. 반가운 것은 오랜만에 연락이 온 것이 반가운 것이고 찌푸려지는 것은 남자가 연락을 시도할 때는 전화도 안 받고 문자에도 대꾸가 없는 사람이 자기가 필요할 때면 아무 때나 예고 없이 전화를 해 대는 것이, 그런데도 그 전화가 반가운 것이 본능적으로 찌푸려졌다.

"여보세요."

"자기야 잘 지냈어? 지금 어디야?

"어, 친구와 낚시 왔어."

"낚시? 어디로?"

"근처 ○○ 저수지"

"알았어, 그리로 갈게."

남자는 생각지도 못하게 그녀를 만나게 되었다.

시간이 얼마 되지도 않았는데 여자는 남자가 있는 낚시터 입구에 도착했다. 차에서 내려 남자에게 다가오는 그녀는 전과 같이 활기차고 아름다운 모습이 아니었다.

얼굴이 부어 있었고 어딘지 모르게 달라 보였다. 인정하고 싶지 않지만 늙어 보였다. 남자는 가까이 다가온 그녀에게 포옹하고 입 맞추었다. 그녀의 몸 상태는 더 안 좋게 느껴졌다. 말랑거리며 탄력이 넘치던 근육들은 딱딱하게 굳어 있었고 전체적으로 확실히 부어 있었으며 얼굴은 늙어서 생기는 주름살 같은 것에 의하여 전처럼

그 남자 그 여자

밝고 윤이 나는 것이 전혀 없었다. 그런 그녀의 몸을 포옹하고 있다 보니 떠오르는 장면이 있었다. 아주 오래전 전처가 첫아이를 가졌을 때의 모습이었다. 임신을 했을 때 여자의 모습은 분명히 변하는 모습이 있다. 남자는 말했다. 어디 몸이 안 좋은가? 상태가 안 좋아 보이는데 임신이라도 한 것 같은 느낌인데? 임신했나? 남자는 거의 농담 수준으로 말을 던졌다. 그러나 여자의 대답은 의외로 진지했다. "응, 나 임신했어." 남자는 계속 농담으로 대꾸했다. "그래, 자기가 잘 키워 줘." 여자의 나이 56세였다. 그 나이에 임신은 무슨 임신 남자는 그렇게 생각했다. 여자가 대답했다. "진짜 임신했어. 하지만 유산됐어."

임신과 유산 그리고 소파술은 모든 여인에게 있어서 커다란 운명과도 같은 숙명이었다. 그것은 여자의 일생에 출산 그 이상 버금가는 일이다. 남자는 그제서야 여자의 몸 상태가 왜 그런지 알아차리고 그녀에게 위로의 포옹을 했다. "그래, 고생했네. 유산도 출산과 같이 힘들다는데 내려가다가 미역국이라도 먹자."

"응, 괜찮아 먹었어."

"아니야 잘 먹어야 해. 어디 가서 몸보신하게 뭐 좀 먹자." 남자는 여자의 말이 사실이라고 생각했지만 믿기지 않았다. 싱글로 20여 년 살아오면서 간간이 잠자리를 하는 여인들이 있기는 했지만 임신에 관한 생각은 해 본 적이 없었다. 그것은 상대방들도 마찬가지였던 것 같다. 그러나 주변의 어떤 친구는 만나서 사귀는 여자마다 임신과 출산까지 이루어져 자식이 여기저기 있다는 말을 듣기는 했지만 이 남자에게는 이런 경우가 한 번도 없었다. 그런데 그녀가 남자의 아이를 가졌었다는 사실이 왠지 모르게 기특했고 어떤 연대감 같은 것이 더욱더 튼튼해지는 것이 마치 혈맹의 관계라도 된 그런 느낌이었다. 내친김에 남자는 둘 사이의 관계를 조금 더 확실히 하고 싶은 마음에 둘만의 결혼식을 올리고 싶었다. 그것이 여의치 않다면 그녀에게 면사포에 웨딩드레스를 입히고는 사진이라도 찍어 두고 싶어졌다. 말로만 하는 약속보다 둘 사이를 확실히 하는 일종의 증명 같은 것을 만들고 싶어진 것이다. 남자는 여자에게 웨딩 사진을 찍자고 제안을 했고 그런 남자를 그녀는 물끄러미 쳐다보기만 할 뿐 아무런 대답도 하지 않았다.

그 남자 그 여자

16   그녀의 창문

그리고 집으로 들어간 그녀는 그 뒤로 다시 연락이 되지 않았다. 그러한 일도 이제는 그러려니 하고 다시 연락이 되겠지 생각했는데 이번에는 전과 같지 않고 오랜 시간이 지나도 아무런 연락이 올 기미가 보이지 않았다. 한 달, 두 달, 세 달, 반년, 남자는 스스로 다스리던 마음이 흔들렸다. 더 이상 그녀를 보지 않고서 일상생활이 불가능할 정도가 돼 버렸다. 그녀는 그런 남자의 마음에 한 치의 관심도 없는 사람처럼 아무런 소식이 없었다. 남자는 자신의 마음을 전달하는 방법으로 편지를 쓰기 시작했다. 진실된 마음의 소리를 한 글자 한 글자 써 내려 가다 보니 장문의 글이 되었다. 그녀가 이 글을 읽으면 연락을 하지 않고서 도저히 잠도 자지 못할 거라 생각했는데 그러나 남자의 바람과 달리 그녀에게서는 아무런 연락이 없었다. 이번에는 아무런 대답이 없는 그녀에게 서운한 마음을 구구절절이 적어서 보냈으나 이 역시 회답이 없었다. 남자는 화가 나기 시작했다. "이건 아니지." 그동안의 세월이 몇 년인데 아무런 암시도 없이 연락도 주고받을 수 없는 사이가 되어 버린다는 사실이 용납되지 않았다. 일방적으로 자신에게 함부로 하는 그녀에게 다시 편지를 썼다. 이번에는 그녀에게 화난 남자의 나무람과 그동안의 달콤했던 미래의 약속 같은 것을 기억하라며 호된 꾸짖음의 편지를 장문으로 보냈으나 이 역시 회답이 없었다. 남자는 더 이상 참을 수 없어 어느 날 밤 그녀의 집 앞으로 찾아갔다. 그녀의 창문 사이로 환한 불빛이 새어 나오고 있었고 남자는 창문 밖 가로등 불빛 아래에서 그녀의 창문을 뚫어져라 올려 쳐다보고 있었다. 행여 누군가 왔다 갔다 하는 실루엣이 창문을 통해 어른거리기라도 하면 사랑하는 그녀가 창밖을 내다보지는 않을까 하는 기다림에 쿵쾅이는 가슴의 두근거리는 소리가 남자를 미치게 하였다. 그는 계속하여 줄담배를 피우고 있었고 가로등 불빛 아래 남자의 발치에는 수많은 담

그 남자 그 여자

배꽁초가 찌부러져 널려 있었으며 손에는 가지고 있던 볼펜으로 딱딱딱 소리를 내고 있었다. 볼펜의 볼펜 심은 남자의 엄지손가락에 의하여 나왔다 들어갔다 하며 연신 소리를 내고 있었다. 그의 머릿속은 수만 가지 상상으로 가득했다.

현관문의 벨을 누르고 쳐들어갈까? 누군가 나오면 뭐라고 하며 그녀를 찾을까? 빌려준 돈이라도 받으러 왔다고 해야 하나? 볼펜의 딱딱거리는 소리는 계속되었고 잠시 후 그녀의 창문에 불이 꺼졌다. "아 그녀가 이제는 불을 껐구나." 그녀의 작은 행위를 이렇게 보고 느끼니 작은 위로 같은 것이 느껴졌다. 잠은 혼자 잔다고 했는데 혹시 내가 누워 있던 그 침대에서 남편과 같이 자는 것은 아닐까? 창문 밖이라도 한번 내다봐 주었으면 좋았을 텐데…. 남자는 그러다가 퍼뜩 정신을 차리며 이 짓을 계속하다가 미칠지도 모른다는 생각에 제정신을 차리려고 노력하였다.

남자는 고민에 빠졌다. 이러한 정서 상태에서는 아무 것도 할 수 없고 육체는 물론 정신까지도 망가질 것이라는 것을 잘 알고 있었다. 어떻게든 그녀를 만나서 문제를 해결해야 한다는 생각을 했다. 한동안 밤이 되면 그녀의 집 앞으로 찾아가 볼펜을 딱딱거리며 그녀가 집 안에서 움직이는 그림자를 올려 쳐다보고 오던 남자는 마침내 그녀를 만날 수 있는 방법을 생각해 냈다. 다음 날 이른 아침 남자는 그녀의 에어로빅 체육관 앞의 주차장에 도착했다. 출입하는 차량과 사람이 잘 보이는 적당한 위치에 주차를 한 뒤 그녀를 기다렸다. 그녀가 에어로빅은 빠지지 않고 나올 거라고 생각했다. 그녀의 운동 시간은 오전 9시부터 11시까지이다. 현재 시간은 7시 여자가 일찍 나온다고 가정해도 충분한 시간이고 기다리는 시간은 순식간에 지나갔다. 잠시 후 8시 30분 정확한 시간에 그녀의 승용차가 한쪽 구석에 주차했고 이어서 지극히 일상적인 발걸음과 표정의 그녀가 주차장을 가로지르고 있었다. 남자는 차에서 내리며 그녀의 앞을 향해 발걸음을 재촉했다. 두 사람은 약간의 거리를 두고 눈이 마주쳤다. 그 순간 그녀의 발걸음은 비틀거렸다. 제자리에 서서 남자를 쳐다보는 그녀의 눈동자는 꿈이라도 꾸는 듯이 멍하니 풀려 있었다. 지금 상황이 꿈처럼 느껴지는 것 같았다.

"잠깐 얘기 좀 하자."

남자는 여자의 손을 잡아 끌고는 자신의 승용차로 데리고 갔다. 여자는 주변을 살피면서도 거부감 없이 남자가 이끄는 대로 순순히 응했다. 남자는 조수석에 그녀를 태우고 바로 시내를 벗어나 강변로를 질주했다. 누가 뒤에서 쫓아오기라도 하는 것처럼 그곳에서 빠르게 벗어났고 그제서야 그녀를 곁에 두고 마음먹는 대로 할 수 있다는 사실에 남자는 만족스러워했다.

"자기야, 나 지금 꿈꾸는 것 같아." 여자가 말했다.

남자는 별 대꾸 없이 올림픽도로로 접어들었고 잠시 후 경춘 고속도로를 올라탔다. 그제서야 걱정이 되는지 여자가 말했다.

"자기야 어디로 가는 거야?"

남자가 대답했다.

"차 가는 대로 길 따라 끝까지 가는 거야."

그렇게 말하고는 옆의 그녀를 쳐다보았다. 여자는 운동 간다고 아침에 세수도 안 했는지 얼굴이 부시시하고 잠결에서 완전히 벗어나지 않은 모습이었다. 하지만 남자에게는 그런 그녀의 겉모습보다는 자신이 그동안 경험하고 알고 있는 그녀의 사랑스럽고 아름다운 모습만 기억하며 꾀죄죄한 지금의 모습마저 귀엽고 사랑스럽게 보였다. 남자는 고속도로를 거침없이 달렸다.

"운동하고 약속도 있고 오후에 애들도 만나기로 했는데."

여자는 중얼거렸으나 남자는 무시했다.

계속해서 한참을 달리던 남자는 속초라는 이정표를 보고서야 고속도로에서 벗어나 국도로 접어들었다. 속초는 한때 그녀와 사이좋게 사랑을 나누며 돌아다니던 여행지 중의 한 곳이었고 지나치는 곳곳마다 추억이 담겨 있는 장소들이었다. 동해의 깊고 푸른 바다를 곁에 두고 달리던 남자는 많이 알려지지 않은 작은 포구에 차를 정차하였다. 포구에는 여러 척의 어선들이 정박해 있었고 바다와 맞붙은 육지 끝에는 작은 횟집이 마당에 평상을 펼치고 수평선을 배경 삼아 장사를 하고 있었다. 남자는 차에서 내려 주변 풍경을 둘러보았다. 포구의 저쪽 편으로는 마침 숙박 시설도 눈에 띄었다. 여자도 이어서 차에서 내렸다. 두 사람은 횟집 평상에 자리를 잡고 앉아 물회와 소주를 시켰다. 그들은 서로 말이 없었다. 어떤 주

그 남자 그 여자

제에 대하여 설득을 하거나 변명을 하거나 각자의 입장을 얘기하거나 하는 것이 전혀 없었다. 여자는 남자가 오늘 같은 행동을 왜 하는지 잘 알고 있었고 전에는 느끼지 못했던 유순한 남자의 마초적인 모습이 매력적으로 보이기까지 하여 혼자 살며시 웃곤 했다.

남자도 별말이 없었다. 얘기해 봐야 같은 얘기의 반복일 뿐이고 다만 계속해서 해변의 모텔이 있는 쪽으로 한 번씩 시선을 고정하고 있을 뿐이었다. 남자는 물회를 안주로 술을 한잔 들이켰다.

"자기야 운전 안 해? 술 마시면 어떡해?"

그렇게 말하면서도 남자의 빈 술잔에 얌전히 술을 따랐다. 남자는 말했다.

"자고 갈 거야."

그러고는 또 한 잔을 들이켰다.

그녀와의 하룻밤이 어떤 훌륭한 말로 설득하는 그 이상의 효과가 있고 서로의 마음을 따듯하게 감싸 줄 것이라 확신했다. 그것은 여자도 자신과 마찬가지일 것이라 생각했다. 그러나 여자는 강하게 거부했다.

"오늘은 안 돼요. 일이 있어서 돌아가야 해요."

"뭐라고? 안 된다고?"

남자는 약간 언성을 높이고 눈을 크게 뜨며 위협적으로 강요했다. 하지만 그 정도의 위협은 그녀에게 소용없었다. 여자의 의지는 확고했다.

"오늘은 진짜 안 돼요. 그 대신 다음 주에 같이 여행 가요. 그러면 좋잖아요. 그렇게 해요. 응?"

여자가 오히려 남자를 설득했다.

그녀를 이곳까지 데리고 왔을 때에는 남자도 계획이 있었다. 그러나 전에 보지 못한 강경한 그녀의 거부의사 표현에 남자는 멈칫하였고 그런 남자에게 여자는 다음 주에 같이 여행 가자는 솔깃한 말로 남자의 강제적인 행동을 멈추게 하려 하였다. 남자는 그녀가 자기에게 무슨 이유로 거짓말을 하겠는가 싶었고 꼭 오늘 돌아가야 할 중요한 약속이 있는가 보다 생각하고 그녀의 의견에 순순히 따르기로 했다. 남자는 그녀의 얼굴을 바라보며 얼굴 뒤의 눈부신 바다를 바라보며 나머지 술을 비우고 일어났다. 돌아오는 길은 그녀가 운전을 했다. 남자보다 능숙하게 운전하는 그녀를 바라보며 편안함을 느끼던 남자는 잠이 들었다 깼다. 잠깐이라고 생각했지만 깊이 잠

그 남자 그 여자

이 들었었는지 차는 벌써 한강 다리를 건너 강변로를 달리고 있었다. 이윽고 잠이 깬 그를 쳐다보는 여자는 미소지으며 말했다.

"자기야, 피곤했나 봐. 잘 자기에 일부러 깨우지 않았어 운전하고 오면서 생각해 봤는데 이제 자기와는 헤어질 수 없을 것 같아. 자기가 헤어지자고 하기 전까지는 헤어지자는 말 안 하고 곁에 있을게요."

남자는 듣기에 좋은 말 같았지만 어딘가 찌르는 부분이 있다고 생각했다.

'뭐지? 그럼 내가 헤어지자고 말하기를 기다리겠다는 건가?' 남자는 속으로 그런 생각이 스쳐 지나갔지만 말을 하지는 않았다.

17   완경

그 남자와의 관계가 어느덧 6년이 되어 간다. 그녀도 남자를 진심으로 사랑한다고 생각했고 그래서 그와 함께 나머지 인생을 같이하고 싶은 생각이 들었었다. 남자는 다행히 혼자 몸이기 때문에 그녀 자신만 결심하고 행동하면 어찌 됐든 간에 두 사람이 같이 살 수 있기는 했다. 그런 다음에, 같이 살게 된 다음의 문제에 대해서 생각을 안 할 수 없었다. 첫째, 생활에 관련된 남자의 경제력은 현재 상태로서는 부족하여 의지하기 어려웠다. 그렇다고 그녀가 모아 둔 돈이 충분히 있는 것도 아니었다. 둘째, 남편은 상관이 없지만 그녀가 평생 이루어 낸 자식들과의 관계 그리고 요즘 너무나도 사랑스러운 손주들하고 보내는 행복한 시간은 절대 포기할 수 없었다. 경제적

그 남자 그 여자

인 문제는 두 사람 살기에 조금만 더 노력한다면 크게 어렵지 않을 것 같은데 현실적으로 이 남자와의 한 살림을 차리는 과정에서 벌어질 수 있는 자녀들과의 갈등을 생각하니 여간 어려운 게 아니었다. "같이 살자."라는 그 말은 중년의 여인에게 로맨틱하고 낭만적인 사랑인 것 같았으나 막상 하려고 하니까 그녀가 평생에 걸쳐 이루어 낸 포기할 수 없는 것들과 그것을 포기하고서라도 그 남자에게 달려가고 싶은 것인가? 하는 부분에 대해서 다시 한번 생각하고 고민하게 되는 것이었다. 그녀에게는 흉금을 털어놓고 이야기를 할 수 있는 오래된 친구가 있다. 그 친구는 어려운 환경에서도 꿋꿋하고 성실하게 살아가는 친구이다. 그 남자와 사귄 지 6년이 되다 보니 자연스럽게 식사도 함께하고 인사를 하며 알고 지냈는데 처음 2-3년간은 별 참견을 안 하던 친구가 어느 순간부터는 입바른 소리를 하고 나서는 것이다.

"남자가 아직 젊어서 새 출발할 수 있는 나이인데 네가 끝까지 책임질 수 없을 바에는 놔줘야 되는 것 아니니?" 친구가 그녀에게 바른 소리를 했다. 그녀는 순간 기분이 상하였지만 나중 혼자 있을 때 곰곰이 생각해 보니 그동안은 내 욕심에 눈이 가려서 깨우치지 못한 그러한 사실은 맞는 것 같았다. 처음에는 아무런 생각이나 계획 같은 것 없이 마음 가는 대로 감정에만 충실하고 사랑을 하는 것이 너무나 즐겁고 행복했는데 지금은 자꾸 뭘 해야 하고 계획이 생기고 어려운 문제점이 생기니까 그 스트레스로 여자는 힘들어졌다. 거기에다 그 남자를 처음 만날 때처럼 컨디션도 좋지 않고 이런저런 이유로 몸이 힘들어지고 있었다.

그녀는 정기적으로 종합검진을 받는 것이 생활화돼 있었다. 종합검진을 받을 때마다 그녀의 건강 상태에 대하여 의사는 감탄하듯이 말하곤 했다. "신체 나이가 39세로 나오는데요. 몸에 이로운 유익균이 보통 사람보다 많은 편입니다. 건강 상태가 아주 좋으세요." 그녀는 의사에게 그런 말을 들을 때마다 기분이 좋아졌다. 몸이 다운되어 있다 가도 금세 나아지고는 했다. 거기에다 지난번 유산도 하고 컨디션이 너무 안 좋아서 검진을 받아야겠다는 생각을 했다. 다행히 의사가 전과 같이 건강 상태가 좋다고 말해 준다면 다시 활기를 찾을 수 있을 것이라 생각했다. 그녀는 병원을 방문했다. 평소와 같이 이런저런 검사

그 남자 그 여자

를 마치고 의사와 면담하였다. 책상 위에는 의료용 컴퓨터 두 대와 진료에 필요한 의료 기구 등이 널려 있었다. 의사는 그녀의 차트인 것 같은 화면을 들여다보며 이쪽저쪽을 클릭하고는 무언가를 유심히 보고 있었다.

"안녕하세요." 그녀는 의사에게 인사를 했다. 의사도 답례하며 말했다. 체중 좀 재 볼게요.

바닥에 놓인 체중계에 올라가 보라는 것 같았다. 그녀는 몸무게를 쟀고 정상적인 혈압 용지를 제출했다. "건강은 언제나처럼 좋으시네요. 그런데… 마지막 생리가 언제 있었나요?" 여자는 마음이 덜컥했다. 그러고 보니 언제부터인지 생리가 건너뛰기도 하고 불규칙하더니 최근 몇 개월은 그마저도 소식이 없었던 것이다. "2-3개월 된 것 같은데요." 의사가 말했다. "월경이 끝난 것 같습니다." "네?" "보통 이 시기에 찾아오는 갱년기 증상에 힘들어질 수 있으니 부족한 영양소를 잘 섭취하시고 꾸준히 관리를 한다면 폐경과 관련 없이 건강하게 지낼 수 있을 겁니다." 여자는 의사의 선고를 멍하게 듣고 병원을 빠져나왔다. 길을 걷는데 눈물이 앞을 가려 보이지 않았다. 여자는 자신의 차에 시동을 걸었고 그와 동시에 울음이 터져 나왔다. "엉엉엉 엉엉엉" 여자는 차 안에서 소리 내어 울었다. 여자로서 생명이 다한 것 같이 생각되었고 찬란하게 아름답던 젊은 지난 시절이 주마등처럼 스쳐 지나갔다. 여자는 아무라도 붙잡고 말하고 싶었다. 자기의 이런 심정을 알아줄 수 있는 사람, 그 남자가 떠올랐다. "따르릉따르릉" 남자의 전화기에 벨이 울렸다.

"여보세요."

"자기야, 나야."

"어 그래. 잘 지냈어?"

여자의 목소리는 울먹거렸다. 온화한 남자의 목소리를 들으니 또다시 울음이 터져 나왔다. "엉엉엉 엉엉엉" 그녀는 아이처럼 소리 내어 울었다. 전화기로 들려오는 그녀의 울음소리가 얼마나 서러운지 통곡하는 것 같이 들렸다. 남자는 느닷없이 전화해서 서럽게 울어 버리는 그녀에게 상상도 못 할 엄청난 사건이 일어났는가 보다 하는 생각이 들었지만 그것이 무엇인지 전혀 상상할 수 없었다. 남자는 도대체 무슨 일이 생겼기에 그러는지 물었다. 여자가 울먹이며 대답했다. "병원에 다녀왔는데 의사가 폐경이래."

그 남자 그 여자

여자는 그 말을 하며 더욱 서러움을 느끼는지 또다시 대성통곡하기 시작했다. 남자는 여자의 말을 듣는 순간 당혹감을 느끼고 이어서 이해할 수 없었다. 생리가 끝났다는 것이 저리 서럽게 울 일인가? 그녀의 슬픔에 공감대를 느끼기 위해 위로의 말을 건네고 싶었지만 남자는 어이가 없다는 생각을 했다. 남자는 여자에게 만나자고 했다. 전화로 길게 대화를 나누기 어려웠다.

여자도 만나자는 남자의 말에 쉽게 동의했다. 폐경은 신체가 노화되는 과정의 변화 중 한 부분일 뿐이다. 폐경, 또는 완경이 됐다고 하여 사람이 크게 어디가 잘못되지는 않는다. 오히려 그때부터 운동과 식생활, 정서적으로 안정된 라이프 스타일 등 체력과 멘탈을 잘 관리한다면 70이 되고 80이 돼도 청년처럼 이전에 못지않은 행복한 삶을 살 수 있다. 남자는 그렇게 생각했고 실제로 잘 관리된 체력과 안정된 마음으로 노년을 상쾌하게 보내는 분들이 많이 있는 것은 사실이다. 남자는 그녀를 만나 그런 위로의 말을 하고자 했다. 그녀가 승용차로 남자의 집 근처 골목에 섰다. 평소의 만남도 항상 자가용을 이용하는 그녀가 남자의 집 앞 골목에서 "자기야, 나왔어." 하고 전화하면 준비하고 있던 남자가 나가서 그녀의 차를 타고 다음 목적지로 이동하는 그런 식이었다. 두 사람은 함께 차를 타고 근처 조용히 이야기할 수 있는 공원의 주차장으로 이동하였다. 승용차의 좁지만 아늑한 공간에서 두 사람은 오랜만에 마주 보고 눈을 맞췄다. 여자의 얼굴은 울어서 약간 부어 있었고 예전과 다르게 늙어 보였다. 남자는 그녀의 손에 자기의 손을 살며시 포개 올려놓았다. 그녀의 손은 부드러웠다. 여자는 울먹이며 말했다.

 "자기야, 나 이제 여자가 아니래." 남자가 말했다 "그런 소리 하지 마. 내가 알아봤는데 여자의 완경은 끝이 아니라 다시 시작한다는 거래. 그래서 끝났다는 폐경이라 하지 않고 완경이라고 하고 완전 새로운 여인이 된다는 뜻이래. 단지 임신만 안 되는 것뿐이고 여성으로서는 관리만 잘하면 전과 다름없이 건강하고 행복한 삶을 사는 데 아무런 지장이 없고 성생활도 마찬가지로 아무런 지장이 없대." 남자의 설득하고 위로하는 말이 여자에게 전혀 전달되지 않았다. 누가 뭐라고 하든지 그녀는 자기의 슬픔에 푹 빠져 헤어나지 못하고 있었다. 여자는 다시 울먹이기 시작했다. 남자는 이해하기 어려웠다. "이것이 저토록

서럽게 울어야 할 일인가?" 남자는 여자를 위로하는 마음에서 같이 여행을 가자고 제안을 했다. 여자도 여행을 가자는 남자의 제안에 관심을 보이는 것 같았다. "알았어요. 집에 가서 얘기하고 날을 잡을 테니까. 여행 일정은 자기가 준비해 놓으세요." 지금은 선선한 가을이고 조금 늦은 감은 있지만 아직 단풍의 계절이 끝나지 않았기 때문에 남쪽으로 여행 일정을 잡으면 충분히 가을 단풍의 정취를 느낄 수 있을 것이다. 그러면 그녀의 슬픈 감정도 어느 정도 다스려질 것이며 만일 전과 같이 그녀와의 잠자리까지 서로 만족스러워진다면 폐경이든 완경이든 아무것도 아닌 것이 되고 두 사람의 관계는 완벽한 노년을 지향하며 살아갈 수 있을 것이다. 남자는 그러기를 간절히 희망했다. 남자는 일정표를 짜고 숙소와 식당을 예약하고 여행에 필요한 준비를 했다. 조금 먼 남쪽 서해안의 바닷가에서 바닷바람을 쐬고 광어회와 매운탕에 점심하고 내륙을 횡단하여 정읍 내장산서 단풍 보고 깔끔한 한정식에 소주 한잔하고 단풍나무 아래 한옥 주택서 1박 하고 담양 죽녹원 울창한 대나무밭 산책하고 떡갈비로 한 끼하고 서울로 올라와 영등포에서 2박 하며 휘황

찬란한 밤거리를 신나게 돌아다니다 카바레 나이트서 열
정적으로 춤도 춰 보고 놀아 보기로 했다. 두 연인은 서
해대교를 지나다 휴게소에 들렀다. 남자가 말했다. "여행
은 고속도로 휴게소 음식이지."

그녀도 따라 내리며 이 남자와 첫 여행을 떠날 때도 이
곳에 들른 것을 떠올렸다. 두 사람은 휴게소 우동을 좋아
했다. 평소에는 별로 찾지 않은 음식이지만 휴게소에서
는 생각나는 음식이다. 이 남자를 처음 만날 때 호기심
많고 혈기 왕성했던 그녀에게 "너를 좋아한다." "사귀고
싶다." 하더니 다음에는 "신혼여행" 가자는 말로 유혹하
여 데리고 온 곳이 이 서해안 바닷가였다. 그러고 이제 7
년이 지나가고 있다. 여자는 늙어 가고 있었고 남자는 아
직 혈기 왕성했다. 여자는 이 사람을 만날 때를 떠올렸
다. 처음부터 나이가 비슷한 남자를 만났어야 하는데 하
는 생각이 들었다. 같이 늙어 가는 처지였다면 본인의 마
음이 조금은 편하지 않았을까 하는 마음에서였다. 이 남
자에게 속을 보이자니 자존심이 상해서 말은 안 하고 있
었지만 그녀는 이 남자가 사기와 같이 있지 않을 경우에
는 다른 젊은 여자와 같이 있는 것은 아닐까 하는 상상이

그 남자 그 여자

들곤 했다. 그런 상상이 깊어지면 당장 뛰쳐나가서 이 남자를 찾고 싶은 충동을 느끼고 그로 인하여 여자는 수없이 많은 날들을 괴로워했다.

18 마지막 여행

장거리 고속도로 운전의 지루함이 느껴질 즈음 차는 서해 해변을 향하는 국도길로 접어들고 있었다. 산허리를 깎아 만든 도로를 달리며 바라보는 바다 풍경은 보는 사람에게 일상으로 힘들어 지친 몸과 마음을 위로해 주는 것 같았고 햇볕에 반짝이며 찰랑이는 바다 물결은 눈부시게 아름다웠다. 두 사람은 등대가 있는 방파제길을 천천히 걸었다. 바닷바람이 제법 쌀쌀하여 옷깃을 여미게 했다. 남자는 여자의 어깨에 팔을 두르고 여자는 남자의 허리에 휘둘러 팔을 감았다. 서로의 체온으로 두 사람의 몸은 따뜻해졌다. 남자가 말을 시작했다. "이곳 수산시장에서 점심을 먹고 전북 정읍으로 이동하여 저녁 먹고 펜션서 1박 하자. 내장산에 가면 짙게 물든 단풍을 볼

그 남자 그 여자

수 있을 거야." 내장산 식당과 숙소는 남자가 열심히 검색하여 찾아낸 곳으로 절대 기대를 저버리지 않을 것이라 믿었다. "그곳 식당과 숙소도 최고 좋은 곳으로 골라서 예약했어 당신도 좋아할 거야."

여자가 대답했다. "그래요. 자기가 잘 알아서 하세요."

내륙으로 향하는 국도의 가을길은 사랑하는 사람과 같이 있어도 쓸쓸하게 느껴진다. 하천의 다리를 지나며 무성한 갈대밭을 지나도 아름다운 풍경으로 보이지 않고 처연하게 슬퍼만 보인다.

지도로 위치를 볼 때는 거리가 멀지 않겠다 생각했는데 운전의 지루함에 지쳐 갈 즈음 나타난 꼬불꼬불한 산길은 목적지에 다가왔음을 예고한다. 이윽고 내장사 입구의 웅장한 단풍나무 행렬에 감탄하고 늦가을 오후 시간의 새빨간 단풍 색깔에 감탄하고 색조 절정의 시기에 맞추지 못함을 아쉬워한다. 그래도 아름답다. 잠시 후 길가에 맛깔스러워 보이는 한식당과 펜션이 나타나고 우리는 예약한 식당과 숙소를 금세 찾아냈다. 그러나 기대하면 실망이 큰 법, 한정식은 10점에 5점 정도뿐이 안 되었다. 둘이서 밥상을 마주하며 장담했던 남자의 맛집 추천에 여자는 실망한 표정이었고 남자는 계면쩍어 했다. 숙소도 한 집에 예약했는데 한옥이지만 건물 자체가 낙후되어 있어 정갈하지 못했다. 건물 2층에 있는 전형적인 관광지의 그저 그런 온돌방으로 두 사람은 안내되었다. 둘만의 공간에서 두 사람은 여정의 피로를 내려놓고 있었다. 남자가 말했다.

"단풍이 굉장하네. 조금 늦은 감이 있지만 그래도 좋은 것 같아 제날짜에 맞춰서 다시 오면 마치 불타는 듯이 보일 것 같아." 여자는 피곤한 듯이 보였다.

"그래요. 단풍 절정의 시기를 정확히 맞추기가 쉽지 않네요."

남자는 샤워를 했고 여자도 이어서 샤워를 했다. 샤워를 마친 그녀는 큰 수건을 전신에 두르고 욕실에서 나와 깔려 있는 이부자리로 쏙 들어갔다.

남자도 이어서 그녀 옆으로 파고 들어가 팔베개를 하여 주고는 자신의 방향으로 돌려 눕히고 자신도 그녀를 향하여 서로의 얼굴을 마주하고 누웠다. 여자는 샤워를 해서 깨끗한 얼굴이기는 했지만 전과 같이 생기발랄하지 않고 어디라고 할 수 없이 늙어 있었다. 하지만 남자

그 남자 그 여자

에게는 아직도 그녀의 아름답던 예전 모습이 보여 사랑스러웠다. 남자는 그녀의 가운을 벗기고 가슴에 손을 얹었다. 가슴의 탄력은 어딘가로 사라지고 늙은 엄마 젖처럼 물렁거리며 쪼그라져 있었다. 여자의 음부에 손을 올려 보았다. 그곳도 마찬가지로 도톰하던 둔덕이 푹 꺼져 있고 쪼그라져 있었다. 폐경 후 급작스러운 여자의 신체 변화에 남자는 깜짝 놀랐다. 여자는 아무런 말도 없고 몸도 움직이지 않고 가만히 있었다. 남자는 그녀의 몸 구석구석을 탐사하듯 어루만지며 격앙되는 신체의 반응을 기대했지만 그녀는 아무런 움직임이 없었다. 남자는 그녀의 몸에 올라타 행위를 시도했다. 본능적인 정욕에 사로잡혀 욕구를 해소하고 있지만 여자의 몸은 전처럼 금세 달아오르지 않고 식어 있었고 쪼그라져 있었다. 남자는 혼자 사정을 했다. 잠을 자다가 새벽에도 남자만 했고 늦잠을 잔 후 아침에도 남자는 혼자만 했다. 남자는 굶주린 욕정을 이기적으로 해결했고 참다못한 여자는 결국 울음을 터트렸다. 남자는 미안한 생각이 들었다. 말로써 그녀를 달래고 어루만졌지만 전혀 설득되거나 동의하지 않았다. 예전 같으면 둘 사이에 어떤 문제가 생길 때 설득력 없는 남자의 말에도 잘 동의하고 뜻을 따르던 그녀였지만 이제는 신체의 변화만큼 생각도 달라진 것 같았다. 여자는 여행을 떠나면 기분 전환이 되지 않을까 기대했다. 하지만 남자는 자신의 상태를 배려하지는 않고 오직 정욕을 푸는 대상으로만 대하고 있었고 그것도 일종의 폭력이라고 생각했다. 여자는 울음을 터트리며 말했다.

"내가 자기한테 그것만 대주러 여기까지 왔니?" 여자는 울면서 신경질적으로 말했다. 남자가 연신 미안하다고 했지만 가슴에 와닿지 않았다. "이 남자를 앞으로 어떻게 해야 하니." 여자는 생각했다. 그렇지 않아도 남자를 만나지 못할 때면 지금 이 시간 다른 젊은 여자와 같이 있는 것은 아닐까 하는 의심병으로 힘들어하고 있는데 이제는 폐경으로 인하여 몸이 전과 같지 않으니 둘 사이에 성적으로 훌륭했던 케미가 깨지면 자연히 나를 버리고 떠날 것이라는 생각이 들었고 그렇다면 둘이 같이 했던 미래의 계획은 실현될 수 없을 것이라는 사실을 깨달았다.

"이 남자에게 헤어지자고 말해야 해." 여자는 그렇게 결심했다.

다음 날 담양 '죽녹원'으로 이동해 대나무 숲길을 오래

그 남자 그 여자

산책하고 여행의 마지막 일정을 채우기 위하여 서울로 향하던 중 두 사람은 용무를 위해서 잠시 휴게소에 들렀다. 충청도 어디쯤 되는 휴게소인 것 같았다. 여자는 볼일을 보고 양손에 커피를 들고는 남자를 기다렸다. 이윽고 남자도 볼일을 마치고 나오자 커피를 건네며 한쪽 구석 한적한 곳으로 걸음을 옮기며 말했다. "자기야, 저쪽에 가서 커피 마시고 가자." 남자는 고개를 끄떡이며 그녀를 따라갔다. 벤치 몇 개와 몇 사람의 커플이 적당한 간격으로 거리를 두고 앉아 있었다. 여자가 말을 시작했다. "자기야, 오해하지 말고 내 말 들어요." 남자는 이런 식으로 시작하는 말투가 싫었다. 기분이 불쾌해지더라도 화내지 말라는 뜻으로 들리기 때문이다. 하지만 남자는 고개를 끄덕이며 여자의 다음 말을 기다리고 있었다. "나는 자기를 만날 때면 너무 좋아요. 그래서 가정주부임에도 불구하고 자기를 계속 만나고 있잖아요. 지금까지도 당신을 너무 좋아해요. 그러나 당신을 사랑하는 마음이 커질수록 나를 무척이나 힘들게 하는 게 있어요." 이렇게 말하고는 잠시 말을 중단한 여자는 남자를 쳐다보았다. 남자는 잠시 후의 불길한 예감을 느끼며 물었다. "그게 뭔데?"

여자가 이어서 말을 시작했다. "자기와 같이 있을 때면 아무 문제가 없어요. 하지만 같이 있고 싶어도 그러지 못할 때가 있잖아요. 그럴 때면 자기가 다른 누군가와, 그러니까 다른 젊은 여자와 같이 있을 것 같은 상상이 들어 의심병이 나를 힘들게 해요. 이러다가 정신이 이상해질 것 같아요. 게다가 지난번에는 자기가 실제로 다른 여자와 춤추러 갔었잖아요. 그 일이 있은 후로는 더욱 그래요. 지금도 자기 핸드폰에는 다른 여자들 전화번호가 저장되어 있을 것이라 생각해요. 그러니까 우리 당분간 만나지 말아요. 자기를 만나지 않는다고 생각하면 의심하는 병에서 벗어날 수 있을 것 같아요. 그러다 괜찮아지면 다시 연락하면 되잖아요."

남자의 불길한 예감이 맞았다. 여행을 와서도 무언가 부족한 듯한 그녀의 표정은 헤어지자는 말을 마음에 담고 있었기 때문이구나라고 남자는 생각했다. 남자는 어떻게 대답해야 할지 몰랐다. "그래 좋아. 헤어져."라고 말할 수 없었고 "안 돼, 절대 헤어질 수 없어. 내가 헤어지자고 말하기 전까지 헤이지지 않겠다고 했잖아." 하기도 어려웠다. 순간 남자는 그녀를 설득해 보자 생각하고 말하

그 남자 그 여자

기 시작했다. "당신이 그렇게 힘들어하고 있을 줄은 몰랐네. 지난번 그 일은 미안해 그리고 핸드폰에 저장되어 있는 전화번호는 다 삭제할게." 남자는 당당히 말하며 그녀가 보는 앞에서 저장되어 있는 낯선 번호들을 삭제하기 시작했다. 그가 기억나지 않지만 저장되어 있는 번호와 친구로 지내는 여자아이들 번호와 저장하고 잊어버리고 있던 썸씽 있던 여자들 번호를 지우는데 그녀가 목을 쭉 빼며 들여다본다. 하나, 둘, 셋, 넷, ……… 숫자가 스무 명 가까이 되자 남자는 당황했고 여자는 어이가 없는 표정으로 남자를 쳐다보았다. "잘 모르는 번호까지 지워서 숫자가 많은 거야. 당신이 생각하는 것처럼 나쁜 관계를 가진 여자는 하나도 없어." 남자의 말은 거의 사실이었다. 언제 저장됐는지 기억도 나지 않는 사람들, 전혀 교류가 없는 사람들, 단순히 여사친 두세 명, 그저 그녀가 보기에 의심들 만한 번호는 모두 지워 버리면서 숫자가 많아진 것이었고 그러한 과정을 여자에게 직접 보게 하면서 그녀의 마음이 조금이라도 편해지기를 바랐을 뿐이다. "이렇게 하면 내 전화기에 저장된 사람들에 대한 의심증은 해결된 거잖아. 그리고 당신이 나와 함께 있지 못

할 때 다른 여자와 같이 있을 것 같다는 의심증은." 여기까지 말한 남자는 잠시 생각을 하더니 말을 이었다. "내가 아는 사람 중에 건설회사에 다니는 사람이 있어. 그 친구가 전부터 자기네 회사에 들어와서 일 좀 하라는데 내가 다음에 보자며 계속 미루고 있었어. 그 친구가 다니는 회사에 취직을 해서 남들처럼 일을 하면 당신도 회사에서 일하는 나를 다른 여자나 만나는 사람으로 의심하는 생각은 없어지지 않겠어? 그렇게 당신이 힘들어하는 문제를 해결하면 당신과 나 사이에 예전처럼 자주 만나지는 못한다 하더라도 서로 생각해 줄 수 있고, 헤어지지 않아도 되잖아."

"그렇게 하면 당신이 힘들어하는 문제는 해결되는 거 잖아?" 남자는 질문하며 여자를 쳐다보았다. 여자는 마지못해서인지 아니면 좋아서인지 살짝 웃으며 고개를 끄떡였고 그런 그녀를 보는 남자 또한 그녀의 태도에 만족스러웠다.

"자 그러면 불타는 영등포의 밤을 향하여 출발~" 남자는 페달을 힘껏 밟았다.

그날 밤 두 사람은 영등포에서 여행의 마지막 밤을 보

냈다. 잠자리에서 처음이자 마지막으로 성교를 하지 않고 보내는 밤이었다. 누가 뭐라고 말할 것도 없이 서로 섹스를 요구하지 않았고 남자 또한 시도하지 않았다. 두 사람은 아침에 헤어졌다. 평소와 마찬가지로 외곽 순환 버스를 같이 타고 중간 지점에서 환승하며 내일 또 만날 사람처럼 가볍게 인사하고는 돌아섰다. 그날부터 여자에게서 연락이 오지 않았고 남자도 전처럼 그녀의 전화를 기다리지 않았다. 헤어졌다고 할 수는 없었다. 하지만 뜬금없이 걸려 오던 여자의 전화는 없어졌고 남자도 자신의 일에만 집중할 수 있는 정서를 찾아가고 있었다.

19 여자가 가는 길

　　남자의 집은 차량 통행이 빈번한 도로를 접하고 있다.
직선으로 곧게 뻗은 도로의 양방향으로 줄지어 들어서
있는 상점들과 그 위층의 상가주택들이 길 입구부터 다
음 블록의 큰길을 만날 때까지 이어져 있다. 지역 주민들
은 단조롭고 규칙적인 동네의 흐름에 작은 파장을 일으
키는 변화도 금세 알아차린다. 앞집 빌라에 사는 키 큰
총각인지 아저씨인지는 몰라도 누가 와서 픽업해 가고,
누가 와서 골프가방 싣고 운동 가고, 누가 와서 낚시가방
싣고 가고, 낮에 나가고, 밤늦게 나가고, 이런 소소한 것
들을 관심 있게 쳐다보고 자기들끼리 소곤소곤 이야기한
다. 남자는 바쁘게 왔다 갔다 한다. 무언가 새로운 일을
찾아야 한다고 남자는 생각했다.

집에 들어가고 나오는 출입구는 바로 차량이 다니는 길과 이어졌고 보도와 차도의 경계선에는 종종 불법 주정차 차량이 잠시 주차하고 떠나고 하기를 반복했다. 그런데 며칠 전부터 눈에 뜨이는 봉고차가 있다는 것을 남자는 알아챘다. 남자의 집에서 나오는 출구 전방에 주정차 되어 있는 차량이었다. 그곳은 차 안에 앉아서 남자의 집에 드나드는 사람들의 현황을 정확히 파악할 수 있는 위치였다. 보통 잠깐의 용무를 보기 위하여 편의점을 들르거나 문구점을 들르거나 하는 차들은 잠시 주차 후 사라지지만 그 봉고차는 며칠 동안 시간대별로 같은 위치에서 주변을 살피고 있는 것처럼 보였다. 무심코 지나치던 남자도 왔다 갔다 할 때마다 시야에 들어오는 봉고차가 처음에는 대수롭게 여기지 않았으나 나중에는 "저 차는 뭐지?" 하며 의식하게 되었다. 하지만 생각은 그냥 스쳐만 지나갔고 의심을 해야 한다고 생각하지는 않았다. 그러던 어느 날 밤 남자는 밤 외출을 준비했다. 겨울밤의 기온은 영하 10도였고 바람까지 불어서 체감온도는 더 떨어져 있는 날씨였다. 남자는 두터운 비니를 뒤집어쓰고 방한바지에 오리털 파카로 무장한 후에 집을 나섰다.

원래에도 큰 키에 좋은 체격이었는데 겨울 두터운 복장을 하고 나서니 그 풍채가 헤비급 운동선수와 비견될 만했다. 현관을 나와 계단을 내려가고 빌라 입구의 자동문을 나와서 주차장을 지나 도로로 나가며 우회전으로 걸어 나가는데 그 봉고차가 서 있었다. 시간은 9시였다. 남자는 확신했다. "저놈들이 나를 미행하는구나." 남자는 어깨를 부풀어 올리며 고개를 약간 숙이고 눈은 치켜 떠올리며 봉고차를 노려보았다. 봉고차에서도 사이드미러를 통해 남자를 쳐다보며 자기네들의 목표물을 확인하는 것이 느껴졌다. 차 안에서 사람들이 움직이는지 차체에 약간의 흔들림이 있었다. 남자는 만일의 경우를 경계하며 봉고차 곁을 지나갔다. 차에서 갑작스레 문이 열리며 습격을 당할 것을 대비했지만 차 문이 열리지는 않았다. 남자가 차를 지나치고 10여 발자국을 지나면서 숙이고 있던 고개를 들어 어깨너머 뒤를 쳐다보았다. 그때 어떤 남자가 봉고차 문에서 내리다가 남자와 눈이 마주쳤다. 눈이 마주친 그 남자는 당황한 듯이 차에서 내리지도 못하고 다시 올라다지도 못한 재 엉거주춤한 자세로 움직이지 않았다. 남자는 그 남자와 봉고차를 어깨너머로

그 남자 그 여자

노려보며 발걸음을 재촉했다. 남자를 따라오는 기색은 없었다. 밖에서 세 시간 정도 볼일을 보고 돌아오는 길에 집 근처의 길가를 유심히 살펴보았으나 수상해 보이는 차량이나 인기척은 없었다. 남자는 생각했다. "요즘 세상에 함부로 행동할 수 있겠어? 한 번쯤 따라붙을 수는 있겠지만 상대도 봐 가면서 덤빌 것이고 잘못되면 감옥에 갈 수 있기 때문에 더 이상 꼬리가 붙지는 않겠지." 남자는 그렇게 생각했다. 한편으로는 그녀가 걱정이 되었다. 자그마치 8년 동안 밖에 남자를 두고 있었는데 바보가 아닌 이상 집에서 모른다고 할 수 없었다. 다음 날 그녀에게 전화를 해 보았다. 역시나 전화를 받지 않았다. 그날 오후 그녀에게서 전화가 왔다. "여보세요." 수화기를 통해 무덤덤한 그녀의 목소리가 들렸다. "어, 나야." 남자가 말했다. "네~" 여자가 대답했다. "별일 없나?" 남자가 물었다. "네, 요즘에 손주 아기들 재롱 보는 재미에 시간 가는 줄 몰라요. 아기들이 천사 같아요." 아기들의 얘기를 하는 목소리에 약간 생기가 돌았다. 그녀의 자녀들이 비슷한 시기에 결혼을 하고 비슷한 시기에 임신과 출산이 이루어져 큰아이 작은아이 집집마다 있는 손주 아기들을 보러 다니는 모양이었다. 남자는 어젯밤의 일에 대해서는 그녀에게 말하지 않았다. 다행히 그녀에게 어떤 추궁이 들어가지 않은 것 같았다. 현명한 처사라고 생각했다. 오랜 시간이었지만 그것은 전적으로 그녀의 잘못이라고 할 수 없다. 그렇다고 그녀의 파트너인 남자의 잘못도 아니었다. 그녀가 밖에서 만난 사람과 사랑을 쌓고 미래를 약속하고 오랜 시간 함께 할 수 있었던 것은 그녀를 함부로 방치해 둔 사람에게도 책임이 있다고 생각했다. 지혜롭고 현명하며 순수한 열정으로 가득 차 있던 아름다운 그녀의 일탈은 그 사람과의 깊은 갈등을 견디지 못한 그녀의 마지막 숨구멍이었을 것이다. 물론 그녀 스스로 주체할 수 없는 '뜨거움'일 수도 있겠다. 하여간 그녀는 뜨거운 열정을 함께했던 남자와의 관계 대신에 천사 같은 아기들의 미소와 웃음 소리, 잊고 살았던 아기들의 냄새, 이런 걸 통해서 스스로의 행복을 찾아가는 것 같았다. 남자도 한창 뜨거울 시기에 만난 그녀를 사랑했다. 그녀 역시 그 시기에는 왕성한 체력과 미모를 겸비하고 있었다. 다만 오십이라는 나이에 접어들면서 젊음이 마지막에 임박했다는 본능적인 위기감이 찾아왔을 것이

그 남자 그 여자

다. 그리고 그 위기감은 그녀에게 일탈을 요구했다. 그녀는 선택을 해야만 했다. 자신의 삶을 살고 싶다는 유혹을 물리치고 결혼 내내 지켜 왔던 '현모양처'의 길을 갈 것인가 아니면 깊은 내면의 본능적인 욕구를 받아들여 자신의 젊음을 불태우고 후회 없는 삶을 살다가 때가 되면 찾아오는 늙음을 겸허히 받아들일 것인가 하는 것 중 결국 그녀는 자신의 삶을 사는 것을 선택했고 그것은 그녀만의 적극적인 선택이었다. 남자는 그녀의 결정에 어떠한 영향력을 가한 사실이 없고 다만 그녀 선택의 수혜자였을 뿐이다. 그녀 선택을 존중했고 오랜 세월 사랑의 파트너로 같이했으며 지금 또한 이별의 기로에 서서 그녀 선택을 존중하고자 한다. 남자는 그녀와 같이한 세월이 일종의 결혼 생활과 같은 것이라 생각했다. 주말을 제외한 평일 모든 날은 항상 남자와 시간을 함께했으며 모든 조건이 완벽하지는 않지만 파트너로서 훌륭한 여자였다고 생각했다.

한때 열정으로 가득 찬 두 사람은 가까운 미래에 같이 살 수 있다고 생각했고 그렇게 미래를 약속했다. 그러한 약속은 두 사람의 결속력을 더욱 견고하게 했다. 하지만 그녀는 약속과는 다른 선택을 했다. 그것은 그녀가 평생 동안 정성을 다해 지켜 온 가족이었고 절대 포기할 수 없는 것이었다. 남자는 받아들이고 싶지 않았지만 반복되는 그녀와의 갈등에 어느 정도 지쳐 있기도 했다. 남자는 새로운 삶의 루틴을 만들지 않으면 안 되었다. 가만히 앉아서 과거의 생각만 곱씹으며 힘들어만 하고 있기에는 남자도 이제는 나이가 많았다. 지난 십 년간 그녀와 같이 하는 삶을 살았다면 앞으로의 십 년은 어떻게 살아야 한다는 계획이 있어야 했다. 남자는 도시 생활에 지쳐 있었고 고향이기도 한 이곳 도시에서는 아무것도 할 수 없다는 것을 알았다. 할 수만 있다면 아무도 아는 이 없는 시골마을에서 살고 싶었다. 바다가 있는 마을과 산이 있는 마을에서 농부와 어부의 일을 생업으로 하며 자연과 함께하는 자유인의 삶을 꿈꾸고 있었다. 남자에게는 미래에 혹시라도 필요할지 모를 자격증 몇 개가 있었다. 그것을 필요로 하는 농어촌을 찾아 새로운 삶을 살기로 했다. 사람이 인생을 살아가면서 가장 왕성한 활동을 하는 나이 30에서 50 그 이십 년간 보통의 사람들이 삶에서 많은 업적을 이루어 낸다. 남자에게는 그 세월이 "도낏자루 썩

그 남자 그 여자

는지 모르고." 지나왔다 하지만 치열한 경쟁 사회 속에서 벗어나 있었고 남녀 사랑의 권력 갑을 관계에 있어 항상 '갑'의 위치를 점하고 있었기 때문이어서 남자의 사고는 찌들어 지쳐 있지 않았다. 50이라는 나이에 새로운 출발을 한다는 것이 부담되기 보다는 오히려 가슴 떨리는 흥분을 느끼곤 하였다. 30에서 50까지 이십 년이나 50에서 70까지 이십 년이나 마찬가지로 이십 년이라 생각을 했고 오히려 지금 남아 있는 20년이 삶의 업적을 이루어 내는 데 더욱 좋은 나이라고 생각했다. 그녀는 밖에서의 생활을 그만두고 아이들의 곁으로 돌아가 해맑은 아기들의 모습을 보며 행복을 느끼고 가족들과 함께 종교에 귀의하여 구원을 받고자 했고 남자는 자연과 함께하는 자유인의 삶을 살며 새로운 깨달음과 자아를 실현하는 것에서 삶의 의미를 찾는다 하였다.

그 남자 그 여자

© 신영호, 2024

초판 1쇄 발행 2024년 1월 2일

지은이   신영호
펴낸이   이기봉
편집   좋은땅 편집팀
펴낸곳   도서출판 좋은땅
주소   서울특별시 마포구 양화로12길 26 지월드빌딩 (서교동 395-7)
전화   02)374-8616~7
팩스   02)374-8614
이메일   gworldbook@naver.com
홈페이지 www.g-world.co.kr

ISBN   979-11-388-2641-9 (03810)